主婦の旅ぐらし

青木るえか

角川文庫 13306

目次

主婦とだんなの生活

主婦と入れ歯

うちのだんなが最近、入れ歯になった。差し歯とかブリッジじゃない、いわゆるパカッとはずれて、夜はポリデントとともにコップに浸《つ》けておくという、あの正真正銘の入れ歯だ。もちろん、歯の一部が入れ歯になっただけで、「はずすといきなり口がつぼんでしまう」なんてことはないが、夜、背中を丸めて入れ歯ケース（コップではわびしいので専用の入れ歯ケースを買った。せめて明るい気持ちになるようにとピンク色にしたらますますわびしくなった）にポリデントと入れ歯を浸けてる姿には胸が痛む。野生動物は、歯が抜けるとすなわち「引退」だそうだ。歯医者さんに可愛い歯科衛生士の女の子がいて、その子に口を見てもらったりするのをだんなは楽しみにしていたのだが、入れ歯が出来上がったとたん、彼女の態度はおじいちゃんに対する孫のような、親切だけどまったく色気のないモノとなってしまい、すっかり男として引退したような気分になったそうである。そのかわり彼女もちょっと無防備になり、歯の穴に綿をつめてくれるような時、胸がかぶさってきて「やわらかいおっぱいで痛みも忘れる」ということもあるというから、まあいいのかもしれない。女性歯科衛生士さん、患者は入れ歯でも油断したらいけませんよ。

しかし夫が入れ歯になるというのは衝撃だ。

夫の歯が抜ける。夫のハラが出る。夫の頭がハゲる。恋愛時代（そんなこともあった……、と遠い目になる）には想像もしなかったことが、結婚して何年かたつと着々と起こりはじめるのだ。私の友人が、「ハゲはしょうがないが、中曽根元総理みたいに横のほうの毛をムリに持ってきてハゲ隠しをするのだけは耐えられない。それならいっそ坊主にしろ」と思っていたのに、いざだんなさんがハゲはじめ、そして横の毛、後ろの毛を必死の思いで前に持ってきているのを見てしまうと、「なんかもう何も言えなくて」と肩を落としていた。あれは、身近になればなるほど、何も言えなくなってしまうものだそうだ。

いや、入れ歯だけではなく、毛のほうも実は心配なんです、うちは。でも入れ歯ショックでもうたいがいのことは驚かないという覚悟はできている。毛がなくなったからといってたいして変わりはない。私は夫という人間を愛しているのであって夫の髪の毛が好きだったわけではない（と強がる）。「ともに白髪の生えるまで」というコトバがあって、トシとっても夫婦仲良くありたいという意味なんだろうけど、これはきれいごとではないだろうか。白髪じゃロマンスグレーとかのこぎれいな老人みたいじゃないか。老いるというのはそんな甘いもんじゃない。「ともに歯が抜け、夫はさらにつるっぱげになってしまうまで、妻は腰がまがりヨボヨボになるまで」というのがほんとではないのか。

べつにいいじゃないの薄くたって。薄いのを魅力にするぐらいの気概がなくてどうする。女も、薄いからって毛嫌いしてたらつまらない。だいたい、自分の夫の髪の毛だって知らぬ間にどんどん薄くなるんだから。

今、若い役者とか歌手で髪の毛が薄くてもすごく人気あるのっているだろうか。西村雅彦ぐらいか？　あれも正統派二枚目ってわけにはいかないし、反町隆史あたりが「髪の毛薄い男の魅力」を出した映画にでも出てくれないもんだろうか。

主婦と行商

結婚して数年たったある日、一人のオバサンが家に来た。保険の勧誘だと思い「結構です」と言って断ろうとしたら、「家族計画はどうしてらっしゃいますか」と言うから思わずドアを開けてしまった。「これが噂のコンドーム売りか！」

「結婚するとすぐ訪問販売のコンドーム売りがやってくる。そして売り子のオバサンの口車に乗せられて一グロス（私はこの単位をコンドーム以外で聞いたことがない）買わされた」とかいう話が、私の周囲では伝説のごとく語り伝えられていた。で、「うちなんか一生かかってもこんなに使いきれないわよおー」とかいう笑い話で終わるわけですね。私は常々「いったいどうやってそのオバサンはコンドーム必要家庭を探しあてるのか、そしてどういう口車をくりだしてくるのか」というのがすごく興味あったので、早くうちにも来ないかなーと思ってたのだ。やっと来てくれた。

で、お話を伺ってみたんだけど、要は「安い（よくわからない）」「まとめて買うとおトク（ゴムが劣化しないのか？）」「備えあれば憂いなし（なるほどねえ）」ということだけを淡々と述べる、というごく当たり前の方式でつまんなかった。思わずこっちが「買うわ！使って使って使いまくるわ！」という気分にさせてくれるセールストークを展開してくれるんじゃないかと期待してたのに。ただ、うちに来るいろんな勧誘やセールスマンは、私が顔を出すと「お母さんいますか」とか失礼なことを言いやがるのに、オバサンは一目で私が奥さんであると認定したのはさすがであった。あとは「夜の生活」とか「いとなみ」とかの淫靡《いんび》な言葉を堂々と言うのが新鮮ではあった。一通り話を聞いたあと、「夫の実家が薬局ですのでタダで手に入ります」（本当です。でも「お母さんお店のコンドーム頂いていいですか」なんて言えるわけない）と断って帰ってもらった。一人前の奥さんになったような喜びは……べつになかった。今でもコンドーム売りのオバサンは町を回っているのだろうか。うちには二度と来ないが。オバサンたちの「あの家はコンドームを必要としている」のを見抜く鋭い眼力で「こいつには必要ない」とか見抜いているのだろうか。

ところで、コンドームはともかく、店で店員と顔つき合わせて買うのが恥ずかしいものは、流しのセールスマンから買いたいと思うのだが、なかなかそういうのはありませんね。私は痔《じ》の薬やワキガ用クリームを行商の人から買いたい。あとけっこう恥ずかしいのは本だ。最近のレディースコミックのすごいやつはものすごくエグイ、と聞いて買いたいが、そういうエグイやつはぜんぶ、表紙が金髪の外国人男女が抱き合ってるやつに決まっていて（いちおう立ち読みで確かめた。立ち読みするほうが恥ずかしいか）、手に取っただけでバレバレ。レジに持ってくのが恥ずかしい。行商に来てくれないものか。

エロじゃなくても買うのが恥ずかしい本はある。『わが父　君島一郎』を発売日に買った時も恥ずかしかった。私は君島兄のファンなので、買わずにはいられなかったのだ（けっこう面白い本でした）。これを間違って古本屋に出してしまい、それはまだいる本ですとも言えず、泣く泣く売ってしまった。また買いに行かねばならない。ああ誰か行商に来てはもらえぬだろうか『わが父　君島一郎』を。

主婦と安物

おとつい、近所の『紳士服の××』にだんなの背広を買いに行った。今まで着てたのをふと見たら、ズボンの股《また》に穴があいてたり（チャックおろさずおしっこできて便利かも、とつい思ってしまった）、ボタンが取れてたりして、マトモなのが一つもなく、おまけにワイシャツが上着のソデから十センチもはみ出るという惨状だったのだ。服にカネをかける趣味はないので安背広屋に直行した。でも安いっていくらぐらいするんだろう。今までの背広は七年前に結婚した時すでに部屋の隅っこにぶらさがってた（そりゃ穴もあくよ。毎日着てりゃ）ので相場がわからない。なんとなく、四万円で二着買いたいな～という希望で店に踏み込んだ。

う、けっこう高い。一着三万八千円というセンが主流を占めている。困っていると、店員が寄ってきて五万いくらのをさも安いもののように勧める。「二着で四万の予算なのだが」と伝えると急に投げやりな態度に変貌《へんぼう》し、「それならこれは」と千円（！）の上下を出してきた。

「うーむ……」いくらうちが安物好き（うちには三千五百円のベニヤの仏壇がある）とはいっても。色は紫。場末の演芸場の奇術師が着るような、上着のスソから白いハトが出てくるような色とカタチ。だんなは体型が貧弱なんでミョーに似合ってしまい、話のタネにいいとは思ったが、さすがにこれは……。

店員はそれ以降も「まーこのへんが五千円ぐらいだからよ、勝手に選んでくれや」的対応に終始、おおせのまま五千円の背広上下を二着購入した。ああ疲れた。でも一万円ですんだ。

ところで、今回の背広購入は実は「夫に美しく装ってもらいたい」というような麗しい夫婦愛から来たもんではないのだった。今、うちは団地に住んでいる。今は団地といってもあまり近所づきあいはないらしいが、なぜか私が住むとこは昔ながらの団地内交際が盛んで、おまけに口うるさい奥さん方の巣窟《そうくつ》である。姑《しゅうとめ》と同居しないでヤレヤレと思ってたら十人ぐらいの姑に囲まれて暮らしてるようなものなのだった。「青木さんのご主人ヒドイ背広着てはるわ」とか「青木さんとこ奥さん昼まで寝てはるみたいや」とかで目をつけられたが最後、その後ロコツに「いっぺんお部屋みせて〜」とか「奥さんいつも変わった格好してはるわね〜(これは寝間着を着てることへのイヤミか)」とか言ってやってきていつまでも玄関先を立ち去ってくれない。

私としては、家にお招きして部屋中に散らばってるハズレ馬券や競輪新聞や、ぐっちゃぐちゃの台所を見ていただき、その後来る気をなくしていただきたいと思うのだけど、そうもいかない事情がある。うちは猫屋敷なのだ。猫飼っちゃいけない団地で、秘密に猫三匹も飼ってるのだ。

そんなことがバレたら、それこそ何言われるかわからん。なのにうちのは親の心を知らぬバカ猫なので誰か訪問してくると閉めたフスマの向こうで「いらっしゃいいらっしゃい」とアオアオ泣き叫びやがる(涙)。

そんなわけで、猫がバレないためにも、奥さん方がうちを訪問したいとかいう気にならぬよう、悪目立ちは禁物である。夫には穴のあいていない背広を着せ、私も寝間着でそのへんふらふらしたりしないように気をつけないといけないのだった。でも、五千円の背広じゃ安物すぎてかえって目立ってしまうか?

主婦と下着

食べ物をすぐダメにしてしまう私はダメ奥さんです。

菜っ葉とか、ふと気がつくと冷蔵庫の中で哀れにしなびている。そこで、冷蔵庫の中だと乾燥してアカンのかと思い、外に出しておくと、すぐ腐る。結婚して十年もたつのに、いまだに食べ物の管理ができない。ニンニクはアッという間にニンニクの芽になってしまうしジャガイモはにょろにょろ芽を伸ばす。なぜか押し入れの衣装ケースからミカンのミイラが転がり出てきてたまげたこともある。真っ黒でカラカラになっていて、いったい何なのかしばらくわからなかったのだが、よく見たらミカンだった。今日も、ヤキソバに入れるのにモヤシを使ったが、袋の中にちょっと残っている。それを冷蔵庫にしまった。たぶん腐らせるような気がする。

言い訳をさせてもらうと、これは「物を捨てられない＝なんでもモッタイナイと思う」

ことから来ているのだ。買ってきた野菜はいちどにぜんぶ使えない。モッタイナイ。ちょっとだけ残していつか使おう。冷蔵庫に入れて放置する。ちょっと傷んできたかもしれない。捨てるか。モッタイナイ。まだ使えるかもしれない。また放置。相当傷んできたかもしれない。でもまだ使えるかも……。そして気がついた時は完膚無きまでに腐るかしなび果てているというわけだ。

食べ物だけでなく、衣類も捨てられない。スカートとか上着は、着ないとなったらじゃんじゃん捨てるんだけれど、捨てられないのが下着やTシャツの類《たぐい》だ。毎日着て毎日洗濯するようなもの。

Tシャツのエリがへろへろになり、やがてほつれてくる。穴もあく。タンクトップなんか、洗いすぎてガーゼみたいになってる。靴下もカカトがレースみたいになって、歩くと冷たい。もう捨てなくては、とは思うんだが、脱いでそのままゴミ箱にポイというのは抵抗がある。最後にせめて洗ってやってから捨てよう……と思って洗濯機に放り込み、洗って干して取り込むと、なんだかパリパリとして太陽の匂いもしてるみたいで、捨てたくなくなっちゃうのだ。破れてても汚れてるわけじゃないし、下着だから外から見えないし、というんでまた畳んでタンスの中へ……。

私のやることで、いちばん夫がイヤがるのがこれだ。確かにねえ、妻が穴のあいたパンッはいてたらイヤにもなるだろう。そう、私のパンツ（というかパンティ）、どうしても捨てられなくてぼろぼろなんです。いつかエロ雑誌に、パンツなんだけれど股間《こかん》に大穴のあいた「プレイ用パンティ」なんてのが出てたが、プレイなんかしないのに股間に大穴があいてたりするんです。

穴ならまだいい。問題はゴムが伸びきってるパンツです。ずるずる落ちてくるんです。歩くたびにずるずる。私はスカートはあまりはかないからいいようなものの、ジーンズの下でパンツがぜんぶ脱げてるというのもすごく気持ちが悪い。「パンツが落ちるー」と泣き言を言うと、「だからそんなもんはさっさと捨てろ言うたやろ！」とさんざん叱られる。もっともだと思う。

で、捨てるかというと……今はいてるのはそのゴム無しパンツです。だって、家ではいてる分には、ずり落ちたってすぐひっぱりあげられるから。

なんで、捨てられないんだろう、こんなヨレヨレのパンツ……哀しい……。

主婦と痴漢

ひさしぶりに変質者と遭遇した。だんなが出張で留守だったから「羽のばすぞー」と競輪に行って飲んでちょっと帰りが遅くなり、夜道を「コワイなあ、イヤだなあ、誰かに襲われたらどうしようかなあ」とか考えながら歩いていた。いつだか自転車乗ってたら警官に止められて（自転車泥棒だと思われたらしい）名前を訊《き》かれ「アオキアヤコです」と答えたら、おまわりさんぎょっとして「えっ、女の子だったの」と言ってそのまま後ずさって逃げていってしまったというツライ経験のある私ですら、やっぱり夜道はコワイ。

すると前方から、タッタッタッタッタッと軽やかな足どりで走ってくる男が一人。お昼休みに皇居のまわりをマラソンしてるサラリーマンみたいな、とても健康的な走り方なんで油断してしまったのだ。すれちがう寸前にやっとその男の全貌が明らかになった。全裸なのであった。正確には、革靴と白い靴下、そして革のショルダーバッグをきちんと肩からさげて、あとは素っ裸。すれちがってしばらくたってから、全身からドッと冷や汗が出たですよ。コワかった。でもぎょっとしながらもすれちがいざま、すばやくじっくり見てしまい、股間のあたりに、毛はあったがどうしてもおちんちんが見あたらなかったのがいまだに不思議だ。女だったんだろうか。でも胸はなかった。それとも毛に隠れちゃうほど小さかったのか。謎である。

生まれてこのかた、何本の変質者たちのおちんちんを見させられたであろうか。そいつらも私なんかに見せて快感を得ることができたのか、他人事《ひとごと》ながら心配になる。高校の頃、道を歩いてたらヒラヒラと何かが降ってきたので拾うと、股間大アップのポラロイド写真だったとかいうこともあったし、まだ幼児の私に向かってあそこをプラプラと振りまわして、おしっこじゃない白いものを飛ばして見せてくれたお兄さんもいた（今どうしてるだろう）。私は生まれつき臆病《おくびょう》者の腰抜けなので、そういうモノに遭遇しても黙って逃げるだけですが、来世で強気な女に生まれ変わったら、ハイヒールで蹴《け》りつけて踏んづけてぶっつぶしてやる（何をって、もちろんおちんちんを）と思っている。男性の皆さん、不必要な露出はやめましょう。いや、やむにやまれず露出してるのかもしれませんが、見せるだけでもあれはすごい暴力です。

話は変わるが、先日ファックスが壊れたので、修理に来てもらった。で、故障はあっという間に直ったのだけど、修理のお兄さんが、何か言いたそうにしてなかなか帰ろうとしてくれない。私は実はこういう修理やガス検針なんかの男の人もふと怖くなることがある。こんな私にもムラムラときて襲いかかってきたりするのではないかと（こうなると妄想に近いかもしれない）。なんとかこのぶきみな事態を打開しようと「修理代、おいくらでしょうか」とかいろいろ言ってみるのだが、黙って座り込んじゃって立ち上がろうとしないんですよ。ほとんど青くなりかけた時、そのお兄さんが思いつめたように一言、

「あのー、ネコがいますね。さわっていいですか」

で、うちのバカネコを五分ぐらい撫《な》でくりまわし「ウフフ、このネコ太ってますね」とかつぶやいたのち、満足して帰っていった。おまけに修理代までタダにしてくれたのだった。うーむ。こういうの、ネコの恩返しって言っていいんだろうか。

主婦と写真

今さらながら、と思われるかもしれませんが、今ちょっとプリクラに凝っている。今ごろ凝るというのが、ダサイ主婦というかオバサンというか、まあ三十五歳ともなれば仕方ないか。

プリクラの前はポケモンのガチャガチャにのめりこんでいました。うちの近所にあるスーパー三軒、ぜんぶポケモンガチャガチャを置いてあるからついやってしまうのだ。ふつうは子供が百円玉握りしめてやってるのに、私は大人であるから子供とはくらべものにならぬ資金力があり、後ろに並んでいる子供にすごいうらやましそうな顔をされながら、いちどに五個ぐらいガチャガチャを出して、それをポケットに入れるとものすごくふくらんで時には歩いている時にこぼれ落ちたりして家庭の主婦としては恥ずかしい状況であった。

しかしはじめてピカチュウが出た時はものすごく嬉《うれ》しくて「今年になっていちばん嬉しい

ことがこれだ」とか思ったりもしたんですが、その後ピカチュウだけたて続けに五個も出てきたからちょっとウンザリした。見知らぬ子供が私の持ってないモンスターを出していたので「おねえちゃんのピカチュウと交換しない？」と持ちかけたら「おばちゃんのピカチュウいらない」とすげなく断られてしまいました。ダブついてるみたいですね、ピカチュウは。そのあたりからガチャガチャ熱はさめてしまいました。

話がそれた。プリクラです。あれは何がいいって、写真と違って、撮られている自分の顔がちゃんと見える、というのがいいんですね。カメラのスナップで、気取ったつもりが「なんでこんな口をひんまげた顔に写っちゃったんだろう」と悲観することが度重なる私としては、ちゃんと自分で納得のいく顔をつくって、その瞬間を撮るプリクラというのはたいへん魅力的である。

……と思っていたのだが、そうは問屋が卸しません。そもそも自分の顔がたいして魅力もないということを忘れていたのだった。確かに口はひんまがっていない。目が半びらきではない。白目になっていない。二重アゴはうまく隠している。と、考えつく顔の欠点はたいがい直して撮影に臨んで、なお「ええー、私ってこの程度の顔？」という顔にしか写らない。写真というぐらいだから、真を写しているのだろうとは思う。しかし……もうちょっとマシかと思ってたなあ。悲しいなあ。

で、「もしかしたらもうちょっとマシな顔に写るかもしれない」という執念で、しかしそんなこと考えて撮ってるとバレると恥ずかしいので、あくまでさりげないふりをよそおって、さいきん若気の至りでプリクラに凝ってるのーとか言いながら、その実、内心に「私はもっと可愛いはずだ」という炎《ほのお》を燃え上がらせつつ、撮りまくる私。しかし「この一枚」はまだ出現していない。これを書き終わったら、買い物に出るからまたチャレンジだ。

ところで、プリクラを一人で撮るのはむなしい。なるべくだんなと一緒に撮る。女友達と撮って、私だけぶさいくなのが白日のもとにさらされるのはイヤだし、男の友達なんてほとんどいない。で、だんなというのがまたプリクラ写りが悪くて（これも真を写してるだけなんだろうけど）、一緒に並んで写ると私のしょぼさもいくらか緩和されるのだ。そういう時、いい人と結婚したと思う。

主婦と外食

タイ国では家でごはんをつくることがほとんどないという話を聞いた。どんな家でも毎食外食。

「なぜなら、外で食べるほうが早くて美味《おい》しくて安くて、バラエティに富み、さらに栄養のバランスもとれるから」

なのだそうだ。家でごはんをつくるのは料理人なんかのいる上流階級の人々だけなんだって。うらやましい。タイに住みたい。

唯一、好きだと言える家事が『料理』である私でも、外食のほうがもっと好きだ。家で料理するのは週に二回ぐらいにしたい。だんなが、私のつくってたホーレンソウのおひたしを「そのへんのスーパーで買ってきた出来合いのもの」だと思っていたということが判明してヤル気を失っているというのもある。結婚して十年もたっているというのに、おひたしすら買ってくる妻だと思われていたか。思われてたんだろうなあ。そこまで見くびられていたか。こうなったら、食事という食事はぜんぶ外食じゃ！　タイ方式じゃ！　と叫びたい気持ちだ。

しかし、日本の場合、外食ばっかりしてるとカネがかかってしょうがない、という問題がのしかかってくる。私はタイ料理好きだけど、カレーでも焼き飯でも、ほんのちょっとの量であの値段の高さはなんだ。雑誌の「とっても安いフランス料理」とかの記事を見ても「二人でワインを飲んで二万円で収まります」なんて書いてあると「ケンカ売ってるのか！」と叫びたくなる。あたしゃ宝くじで五万円当たってフランス料理食べに行った時だって五千円コースで、ワインはもったいなくて飲めなくて水飲んでたんだぞ。貧乏性は哀しい。

まあ、ほかほか弁当ののり弁でも毎食食べていたら、外食でも安くあがるのかもしれないけど。それに私の憧《あこが》れるタイの外食はほか弁なんかよりよっぽど安くてうまいに決まっている。タイの人がうらやましい。

しかし、四国香川県に越してきて、タイの生活に近いものを満喫できるようになったのだ。そう、うどんだ。

そもそもうどん好きであったが、こちらに来て「今まで食べていたうどんはうどんではなかった」ということを思い知らされた。麺《めん》がうまい、ツユがうまい。そして、安い！うちの行きつけのうどん屋で、二玉入りで天ぷらか揚げをつけたやつを夫婦二人で食べて五百円だ。天ぷらったって、バラエティに富んでいて海老《えび》ありタコありイカあり豆ありイモあり。揚げだってどーんと大きい。素晴らしいうどんなのだ。これでいこう。私は朝は食べない。昼はうどんだ。だんなの弁当はまあ仕方ないとして、晩もうどん。夫も幸いうどん好きであるので、夜は近所のうどん屋で、ということを続けてみた。買った野菜を腐らせてしまうダメ主婦の私が晩ごはんをつくるより、確実に食費は減った。これで我が家もタイ方式だ。

この浮いた分を遊びに回して……と思ったんだけど、しかしそうは問屋が卸しませんでした。ダメだったんです。三週間やったところで、ついに飽きたのです。口が開かない。うまいってことはわかってるんだけど体が拒否。うどんタイ方式作戦はもろくも挫折《ざせつ》しました。

しかしこれ、地元の人に聞くと「三食うどんでもぜんぜん平気」だそうなので、私らもここに居着いて十年ぐらいしたらうどん生活もできるようになるのかも。タイと香川県の人はうらやましい。

主婦と浮気

1

ああ、イヤな季節がやってくる。夏。暑がりの汗っかきの人間にとっては地獄の季節だ。女性誌の広告の一大ジャンルを占めるのが『美容広告』。おっぱいを大きくする術や痩《や》せる術と並んで、

「ワキガ、多汗症」

の治療を謳《うた》ったものが多い。広告が多いからには患者も多いのであろう。現に私はものすごい多汗症だ。夏じゃなくてもちょっと緊張すると脇の下をざあざあと（これは誇張ではない）汗が流れる。汗が噴き出すのは脇の下だけ。同じように汗っかきで悩んでいる友人が「私みたいに全身汗まみれになるよりぜったいマシ！　そこだけ止めときゃいいんだから」とか言ってたが、止められるもんじゃないですよ。私だって「ここから汗さえ出なければ……」とフタする意味でサロンパス貼ってみたりもしましたが、汗で流れ落ちちゃ

ったしなあ。これは粘着力が弱いのかとガムテープを貼るところまで思いつめましたが、いくらガムテープといえど水気にはまーったく弱いのね。でもガムテまで流れ落ちると、何か自分の汗の力がスゴイような気がして感動したけど。

とにかく、汗を封じる術はない。ならば汗と共存しなけりゃならない。

夏はほぼ毎日、Tシャツ姿の私である。ラフとはいえオシャレをしようという気持ちはあって、グレーの霜降りのTシャツが自分には似合うような気がして好きである。でも、グレーって、濡《ぬ》れるとひときわ目立つのだ。何かの間違いのようにぐっちょりと濡れたTシャツの脇の下……。あれほど女性誌には『多汗症』治療クリニックの広告が出ているというのに、ということは多汗症に悩む女性は多いはずなのに、こんなふうに脇の下を濡らしてる女の人に会ったことがない。いないの？

でも、まあTシャツなら、汗で濡れててもそれなりにカッコがつく（と自分を慰める）。問題は、ちょっとはあらたまった服装をしなけりゃならない時。私は木綿の白いシャツが好きで着るんだが……やっぱり脇の下びしょびしょ濡れる。やっぱり目立つ。みっともない。なんとかしてこの流れる汗を食い止めたいと思いはじめたら止まらなくなり、ついに私は一つの名案を思いついた。身近にある、水分をもっともよく吸い込むものは何だ？

そう、それは、

「ナプキンだ！」

私は超薄型ナプキンを脇の下にはさんで、紙テープで肩からぐるぐる巻きにしてとめた。想像するとスゴイかもしれませんが、じっさいもスゴかった。自分の姿を鏡に映して絶句したもん。でも誰も私を止めることはできなかった。それにですね、けっこう具合よかったですよ。ナプキンが本来はさまれるべき場所と、脇の下って、構造が似てますもん。

それでいっぺん外出もしてみました。汗がだらだら流れないのはとっても快適。ただし、電車の吊革《つりかわ》持った瞬間にバレました。見えちゃった。あまりにものすごい状況のため、誰からもツッコミが入らず、汗を吸ってくれるのは心地よかったけど、痛ましいものを見るような目で見られるというその居心地の悪さに、ナプキン作戦は一回しか実行できませんでした。

さあ、この夏はどうやってこのガンコな汗と取り組むか。それとももうほっとくか、こんなもん。べつに私が汗かいてたって誰も気にしないような気もするしなあ。

2

自慢じゃないが私は浮気をしたことはない。夫一筋だ。モテないからやむなくだんな一筋なんだろうと言われそうだが実は私はけっこうモテる。自転車置き場の管理人のおじいさんに、物陰に呼ばれて「これ食べな」と溶けかけたアイスクリームをもらったり（始末に困る）、競馬場の馬券売場で見知らぬおじいさんにつかまって「万馬券当てる方法」をレクチャーされたり（締め切り時間が迫ってるのに馬券が買えず焦る）、自慢じゃないが私は老人にはモテるのだ。老人だからといってバカにしてはいけない。若い女（いやもう私は若くもないが）と老人の恋なんて、いったん燃えたらもうタイヘンなことになりますよ。

やっぱり、老人じゃない男に迫られたらよろめいてしまうかもしれない。さいきん頻繁に、男に誘われる夢を見る。私を誘う男はたいがい俳優で、それも好きでも嫌いでもない、ふだんだったらぜったい思い出しもしない俳優なのが不思議だ。先週出てきたのは寺泉憲。タイプでもなんでもないのに、夢の中で迫られるとドキドキする。で、寺泉さんは私をホテルに誘うわけだが、私は「ものすごく行きたいが、だんなに悪い。いや黙ってりゃバレないかもしれないけど、でも私の性格からいくとたぶんぜったいいずれバレる」と悶々《もんもん》と悩んだすえ、きっぱりと断るのだった。目が覚めた時は地団駄踏んだ。夢ならやっときゃよかった。うちのだんなも夢の中で女の人とイイコトしそうになっても「嫁さんに悪いから」と断って、目覚めたのちに「しまった！　やっときゃよかった」と思うそうで、まったく、素晴らしい夫婦愛である。そして、夫婦ともに目が覚めて悔しがるところに情けないビンボー性が表れている。だんなは幼児にモテるが、私の老人にしろだんなの幼児にしろ、現実の浮気の相手には役にたたないのでなんの意味もないわけです。

ところで、夢の中で寺泉氏の誘いを断ったのは、「だんなに悪い」というのだけが理由ではなかった。

「ワキ毛を剃《そ》っていない。ボーボーだ。まずい」

ああ情けない。

しかし、夏は半袖着用だから毛が見えると困るので剃ってるけど、秋冬春は剃ったりしませんよ、私。すっかり秋めいてきたので、もうそろそろ伸びてきている。ドロボウの無精ヒゲみたいになっている。やがてボーボーになる。皆さんはいかがですか。真冬でも剃っておられますか。ワキ毛で不思議なのは、あれは髪の毛と違って一定の長さ以上には伸びない毛だ。つまり、あとからあとから毛がニョロニョロと押し出されてくるわけではない。ある長さになったら止まる。ならば剃った段階で止まってほしいものだが、きっちりと決まった長さまで伸びるんだよなあ。まったくめんどくさい。

でも、ワキ毛が伸びてるから浮気ができない、というのは、実際のところどうなんだろう。気分が燃えてたら、ワキ毛ぐらい見られたってなんともないんじゃないか。それとも、

「そういうことがあるかもしれないから」冬でもちゃんと剃って、その時に備えるのか。

ま、どっちにしろ私にはそんな機会もなく、そして冬はワキ毛がボーボー生えていて「これでは浮気はできない」なんてのんきに構えるモテない奥さんだからいいのだ。

主婦と妄想

夫以外の男性と、ホテルに行った。

……なんて書くとスゴイが、仕事のためにホテルのロビーで待ち合わせしただけの話です。自慢じゃないが、私は浮気とかしたことはない。夫以外の男に心を動かしたことは皆無なんてことはないけれど、心動かす相手がスポーツ選手とか歌手とか歌劇スター（男じゃないよ）では浮気のしようはない。ファンレター書いて返事が来たから有頂天になったって、それは浮気とは言わんだろう。やっぱり、相手が自分のことをそれなりに知っていて、互いに憎からず思い、会うことにも後ろめたさを感じ、そんな後ろめたさをふっとばすぐらい盛り上がったうえでホテルの部屋に消える……というのが浮気というものでしょう。ハッキリ言ってそんな機会ありません。学生時代からモテない時を過ごしてきて、今のだんなと結婚したのが奇跡みたいなもんなんです。

しかし、モテない時期が長かったからこそ、男性に対してものすごく意識してしまう悲しい私だ。

仕事で、おじいさんに近いおじさんの住居兼事務所に行ったことがある。一人で行った。事務所ったって住居でもあるわけで、そこにはフトンも用意してあるってことだ。いや、もちろん目につくところに敷きっぱなしになんてしてなかったが。でも、

「女一人で、男の家に行くということは、何かあっても誰も同情はしてくれない」

なんて考えはじめると冷や汗が出てきて、玄関に入る時にはドキドキして声もうまく出ないような感じになった。静かに話をしていたら、いきなりおじさんが仁王立ちになり、カラリとふすまを開けると、フトンが一組に枕が二つなんていうことがあったら……………。

はい。何事もなく仕事は終わりました。今から思えばそのおじさんは枯れ果てた人でマジメきわまりなく、そんな心配をすること自体が失礼みたいなことだった。そんなことより、そのおじさんが襲いかかってくることを想像してしまった自分というものが恥ずかしい。思春期のモテない十数年を、私は妄想ばっかりくりひろげて過ごしてきたもんだから、今でも何かというと妄想、それも昼メロとかエロ小説並みのちんぷな妄想が思い浮かんで困る。浮かぶだけならいいが、それでドキドキしたりぎこちなくなったりして、実にみっともない。もし相手が私を憎からず思っていたとしても（すでに妄想が入っている）、そ

んな冷や汗流してドギマギしてる女見たら、なんか気分も萎《な》えるんではないだろうか。

結婚してからは、独身時代よりは男に対して構えないですむようになったものの、それでも世間の皆さんよりはずーっと男に緊張している。一生このままなんだろうなあ。冒頭の、ホテルで待ち合わせした時も充分にドキドキした。だから、ただの仕事なんだよ。ホテルに部屋なんかとってないんだよ。いったい私は何を考えてるんだよ。

読者の皆さんは、どちらかというと真面目な方が多いと思うのですが、どうなんでしょうか。皆さん、私みたいに、男性に対して構えまくっておられるんでしょうか。もしそうだったら安心するなあ。私だけじゃないんだなあ。それにしても、よっぽどモテなかったんだなあ私は。あー、もうちょっと男に自然に接したいよ。ま、ムリだろうな。

だんなの土産

だんなが沖縄に出張するというから、私は二つの指令を出した。

「おみや（土産）は必ず買って帰ること」

「久高島《くだかじま》に行ってみよ」

昔、山口県のどっかからもらったオミヤゲに月餅《げっぺい》の皮にパイナップルの餡《あん》が入ったやつがあり、それがすごくうまかったので、沖縄にはソレのマンゴー版があるというから買ってきてもらいたかったのだ。ぜったいうまいに決まってる。しかし気をつけなければいけない。山形かどっかに出張に行った時、「土地のうまい菓子をおみやに！」と所望したら『雪苺娘』という、苺《いちご》のショートケーキをそのままモチ皮で包んだようなやつを「山形駅にあったから山形名物や！」と言って買ってきただんなである。『雪苺娘』は日本全国の駅構内で売っている。うちの最寄り駅にも売っている。

今回はめったにない沖縄だ。雪苺娘のテツを踏まぬよう、強く念を押した。「マンゴー月餅希望。それが見つからなかった場合、とにかく沖縄でしか売ってないものを買ってくること」

二つ目の久高島というのは、沖縄本島から船で十分ぐらいのところにある離島で、日本最後の聖地らしい。

いろんな聖地と呼ばれる場所を見に行ってみた経験からいくと、だいたいは「お前はもう死んでいる」と言いたいようなしょうもない場所であることが多い。〝最後の聖地〟となんとか持ち上げられれば持ち上げられるほど「オレってちょっとイケてる最後の聖地なワケ、ふっふっふ」というクサみが漂う。どうせ死んでるならホネになるかミイラになるかしてくれればよいものを、なまじ注目をあびて娑婆《しゃば》っけを出すもんだから、いや〜なニオイを発することになるのだ。

が、だんなの出張先の目の前が久高島で、地図を見ると小さな島のようだ。むかし竹富《たけとみ》島《じま》に行った時にクイナは見るわ野良ヤギは見るわでたいへん楽しかった思い出があり、それに本で見た久高島、というか沖縄の聖地って、なんかのついでにいつもお参りしてもらって花だの饅頭《まんじゅう》だのが散らかってる墓地、みたいな感じでそれほどイヤミがない、ような気がしたので、「ヒマがあるなら行ってみたらいいんじゃないか」と言ってしまったのだった。

　おみやと久高島。その一言がとんだことになるなんて、その時は知る由もない。だんなが出張に行ったので、私も新潟の弥彦《やひこ》まで競輪を見に行った。だんなを家に置いて遠くまで泊まりがけで競輪をやりに行くこともあるが（ほとんどそうだが）、だんなが家にいないと思うとやたらノビノビ車券を買えるというのは、こんな私でもやはり旧来の因習にとらわれているのであろう。

　車券もいつものようにハズレ、すっかりノビきってだらけきって弥彦神社の門前旅館でゴロゴロしていたら、だんなから電話がかかってきた。沖縄から。私の出先の旅館まで追いかけて。いったい何が起こったかと思うだろう。電話口から聞こえるだんなの声は、みょうに押し殺したような声である。出張先でツライことでもあって、弥彦で遊んでる妻にハラがたって怒鳴り込みの電話か？　と思ったらそんなんじゃなかった。

「すごいおみやがあるんや」

「飲み屋？」

「おみや！　お、み、や！」

　声はますます圧縮されている。

「ネリ。……コネリ！」

おみやげごときで新潟まで電話ってのがそもそも不審な話だったのだが、コネリと聞いて事の重大さを悟った。ちなみに、我が家でネリというと猫のことである。宮沢賢治の『グスコーブドリの伝記』を、ますむらひろしが猫でマンガにしたやつを読んだら、グスコーブドリの妹のネリの役のネコが、その時飼ってた（あ、今も飼ってる）猫にとても似てたので、以後ネコはネリと呼ぶことにしたのだ。だからコネリは子ネコ。

それはいい。事の重大さはわかったが、しかし何が起こったのかはわからない。ネリがどうしたって？　以下、夫の説明である。

「あんたがそんなに言うから、久高島に行ってみたんや。港で船おりて、貸し自転車屋があるいうから人に道聞いてそこまで行ってみたら、店主は本島行っとって留守やてよ。しょうがないから歩いて、そばにある聖地に行こうと思ってな、聖地は何カ所もあんねん、それでいちばん近い聖地に行く細い道歩いとったら、なんやこう、わーっとした葉っぱの木がいっぱい茂っとってよ、そこに白い、細い道がこう、続いとんねん。え～気持ちやなあ～と思って歩いてたら……白い道に、なんか黒い小さいのがおんねん。

うっ、と思うた。イヤ～な予感がした。でも歩いとったらどんどん近づいてまうやんか。頼む、何か別のもんであってくれ！　と思いながら近寄ったら、その黒い小さいの、黒くて小さな三角が二つくっついとってよ、………耳やねん、やっぱコネリやねん。

死んどるかと思った。ぐたーっとしとるんや。赤ちゃんネリやで。それでこんなとこでぐたーっとしてるって、ヘンやんか。とにかくなんか食べさそ思て、肩にのせて港まで戻って、そのへんの雑貨屋でサバ缶買って食べさせたんや。最初、ミルクやろうと思うたんやけど、店にいちご牛乳しかないねん。しょうがないからいちご牛乳やったけど飲まんわ、やっぱり。

店のおっさんに聞いたら、ネリ飼う習慣てもんがそもそもないらしい、久高島。どっかの飼い猫が道に迷うたんちゃうかと思ったんやけど、おっさん、猫なんか勝手に生きてる、飼うやつおらんし持ってってええで、とか言いよる。持っていけるかい！　出張の途中やで。明日も仕事やで！

ま、お母さんネリが探しとるかもしれんし、食べかけのサバ缶持って、そのコネリまた肩にのせて、さっきいた場所に持ってって、ネリとサバ缶置いて、聖地に向かって歩きだした。

しかしや。

歩きながら、ふとな、考えた。そもそもおかしいやんか、一人で道の真ん中にぐたーっとしとる赤ちゃんネリって。もう、お母さんネリなんかおらんのちゃうか。あそこに置いとっても、あとは死を待つのみ、なんちゃうやろか。

そこでまた、いいアイデアが浮かんでまうねん。明日はまだ沖縄で仕事やけど、空港のそばにペットホテルがあれば、今日そこに連れていって一日預かってもうて、明日の仕事が終わったら空港まで持ってきてもうて、そして家に連れて帰る。これ、イケルんちゃうか？


それで引き返してみたら、サバ缶だけあって、ネリはおらんようになってる。

ああ、どっか行ったのか。空は青くて、濃い緑の葉っぱがわさわさした白い道が一本。頭の上でほろほろころろと、鳥が啼《な》いてる。ああ、なんとふしぎな体験だったのだろう。

……………なんて甘いことをワシが考えるか！

しょうもない小説家やったらこれで、嗚呼《ああ》ふしぎな島のふしぎな猫との邂逅《かいこう》、とかいうて随筆でも一本書いて出来上がり、っちゅーようなもんやろ。ワシはそんな甘っちょろい人間とちゃうねん。

帰る予定の船を遅らすことにした。最終の船だと、なんかあって帰られへんようになったらマズイから、最終の一本前までは待つ。そこまで待って見つからなかったら帰ろう。

それで島の食堂でカレーライス食べて、これがけっこううまいカレーやったんや、それ食ってからもういっぺんさっきの道に行ったらな…………おるんや」

いったんいなくなっていたネリは、なぜか最初とまったく同じ位置に、まったく同じようにぐったり座っていたという。だんなはそれをもういちど肩にのっけて港に行き、雑貨屋で箱をもらってそこに入れ、船に乗って本島に帰って、ホテルのロビーで空港近くのペットホテルを探してもらい、タクシーでそこまで預けに行き、一日泊まらせたのちに帰りの飛行機の時間に合わせて空港まで届けてもらうように頼んだ。空港の検疫係にも念のために電話した。「いや、ほら、外国から生き物持ち込むと、検疫せんならんやんか。こいつもそういうのにひっかかるんかなと」それを心配して電話したらしいが、「猫ですか？　大丈夫ですよ」だそうだ。いくら聖地の島だっていっても、日本である。考えすぎだ。

そして翌日、仕事を終え、空港でペットホテルのおばさんからコネリを受け取って、飛行機に乗せて東京まで連れて帰ってきた。ペットホテルもタクシー代も、東京あたりとはくらべものにならぬ安さだったそうだが、それでもなんだかんだで二万円ぐらいかかった。

「カネというのはこういう時に使うもんやで」とだんなは胸を張った。飛行機を降りたコネリは、もともとぐったりしているところに、飛行機の恐怖もあって、死んだふりしたコガネムシみたいな、ほとんど擬死の状態であったらしい。「こいつも長くないかもしれん」出張の荷物と一緒に猫運搬ケースを持って歩きながら、だんなは思ったのであった。

というわけで、久高島に行ったおかげでおみやはコネリということになったわけだが、このコネリ、我が家にとって三匹目の猫だというのが大問題だ。

適正猫数というものがある。その家の建坪、家族数、庭の有無、などによって機械的に割り出される「飼うべき猫の数」だ。最少適正数は1だ。ゼロはない。人は猫とともに暮らすべき、という思想のもとに三畳一間の下宿であっても最少適正猫数は1となっている。ま、ワンルームで1というあたりが基本か。道を歩いてて豪邸があると、まず部屋数なんかよりも先に「この家は30だな」と思う。適正猫数で家を見るクセがついてしまっている。

我が家の適正猫数は2である。それが一時、3になったことがあり、その時は「なんとはなしに家の中が漠然と乱れる」ような感じになっていた。人口密度が過剰に高いと疫病が発生するとかいう話を聞くが、猫密度が高いと家庭はじわじわ蝕《むしば》まれる。決して陰惨な状態じゃないんだが、微妙に家の中の空気がわさわさして、落ち着きがなくなる。家全体に、段ボールを細かくちぎったようなゴミが増えていく。

しかしその3が2となって、ようよう落ち着いた状況に戻りつつあったのに、また3に逆戻りである。これを「3ネリ体制確立」といって、「軍事政権樹立で戒厳令発布」のような意味で使う。

さて、猫については、いろんな本が出ている。猫特集の雑誌なんかふだんの三割増し売れると聞く。私も多くの猫関係書籍を読んだ。しかし、読んで納得のいくような猫書籍はほとんどない。猫をまったく知らないヤツが書いたのか！　猫を知らない人を誤解させるためにウソ書いてるのか！　としか言いようのないモノがまかりとおっている。

唯一、村上春樹がエッセイで「あたり猫とスカ猫」という概念を発表していたのが、心にしみた。「うむ、村上さんは確かに猫を飼っているな」と共感できただけである。

しかし、村上さんがその概念を持ち出したのは、「自分の飼ってたあたり猫」について述べたいからじゃないか。だってスカ猫を飼う悲哀についてはあんまり書いてないんだもん。

猫なんて九割九分はすかだ！　言いすぎですか！　でも私の実感で言うとそうだ！

そりゃあ自分ちの猫なら可愛い。可愛いけど、どう高く見積もったって偏差値四十七、ぐらいの猫ばっかだ。

オス猫のラマちゃんは、エサを丸飲みしてすべて吐く。それをまた食っている。猫も反《はん》芻《すう》能力があったとは知らなかった。

自分で自分の毛を抜いてはげちょろけ。おまけに尻尾《しっぽ》が短いもんだから（本人の責任じゃないが）、下半身ハゲで団子状の尻尾、ものすごくバランス悪い。歯槽膿漏《のうろう》も患っていて常にヨダレ垂らしている。

こんなんじゃ人様にお見せできない。さっき本屋に行ったら『作家と猫』というムックがあったので買ってきた。作家が愛猫を紹介している。キレイな猫ばっかだ。桐島洋子のところの猫が、病気で目がない。それでもきれいだし、なんか「凜とした」とでも言うような猫である。うちのはそうじゃない。よごれていて、しおたれている。私が作家で、こいつを出してくれ、と言ってハゲで歯槽膿漏でヨダレダラダラの猫を提出したら載せてくれるのだろうか。

そんな見目のひどい猫なんだが、でも感じやすい、いいやつなんですよ。ハゲのことを指摘すると哀しそうな顔でもっと毛を抜いてしまうようなやつなんです。

メス猫のヘコちゃんはトシのわりに美人だけど、なにしろバカで。臆病者《おくびょう》で飼い主以外の人間には恐れおののいて近寄ることもできないのに(飼い主に馴《な》れたことすら奇跡的である)、はじめのうちは気づかないで客の足にすり寄ったりして、そのあと気づいて驚愕《きょうがく》、そのへんのゴミ箱から椅子からひっくりかえして逃げまどう。

スーパーの袋にじゃれていて頭にかぶってしまい、パニックを起こして大暴れ、下駄箱を倒して破壊したこともある。玄関に安物の下駄箱がぐちゃっとつぶれているのを見た時、もしかしたら猫もつぶれて「死んでくれた」んじゃないかと思ったが、スリ傷ひとつなかった。

ラマちゃんと折り合いが悪く、近寄られるたびにいちいち「ギエーッ！」と叫ぶ。叫び続けて十年だ。いったい、一緒に暮らしてる猫といがみ合って、何かいいことがあるというのか。いがみ合う猫というのは、見ていてほんと、クライ気分になる。でも、そんなバカなヘコちゃんでも、エサなんか選《え》り好みしないし、いちばん安いドライフードを一人でカリカリ食べてるいいやつなんですよ。

と、いろいろ書いたが、猫を飼って被る迷惑というのは、こんなもんではない。もっと永続的な、ぬるま湯みたいな、口に出して言うのも疲れるような、しょうもないものです。なら飼うのやめろって？　そういう子供みたいなことを言えるのは、猫を飼う恐ろしさを知らないからだ。いったん家の中に猫を迎え入れたが最後、そいつが「死んでくれるまで、いなくなってくれない」という、それが猫を飼うということなのだ。そのへんの「徒労感」を書き出した猫本というのを、私は今まで読んだことがない。

と思っていたら、本屋で見つけた『優秀犬パーネルと問題犬クレメンタイン』という本。犬の本ではあるが、このタイトルに感じるものがあったので買い込んで読んでみたところ、

「私が求めていたペット本とはコレだった……」

と、深く感動したのである。以下、感銘を受けた箇所をいくつか書き出す。

「平和に暮らしていた二人の人間は発狂寸前まで追いつめられ、あやうく犬殺しの罪を犯すところまで行ったのである」

「子犬の姿を借りた悪魔」

「地獄の日々」

「眠っているクレメンタインしか愛せないなら、剝製《はくせい》にして飾りものにしたほうがいいとさえ思った」

「もはやお手上げ」

「疲労困憊《こんぱい》していった。やがて諦《あきら》めに似た気持ちがすこしずつ胸の中を浸しはじめていった」

犬や猫を飼ったことのある人なら「わかるよ……」と笑うしかない（ただし疲れきった笑い）ような話のオンパレードだ。とくに「眠っている時は可愛い」ってのは、ほんと、そうなんだ。

そうそう、久高島から連れてきたコネリ。二〜三日したらピンピンに元気になって、死んでくれたら3から2になるのでそれはそれでいいんだけど、やっぱり寝覚めも悪いことだし元気になったのには喜んでいた。

するとある日とつぜん全身にケイレンがきて、泡ふいて一声ぎゃっと叫ぶという症状が現れた。聖地の生まれだから霊媒体質なのか？　と色めきたったが、いくら霊媒だってネリでは何言ってるのかわからんので無意味だ。しょうがないから近所の獣医に連れていくと、てんかんという診断を下された。東大のCTスキャンによる検査を勧められている。しかし検査で病因がわかったところで治す手段はないらしい。たまの発作につきあって生きていくしかないらしい。おいおい、こんな猫飼うのははじめてだよ。さいきんは発作の最後におしっこ飛ばすというフルコースで飼い主を楽しませてくれている。

そのことと関係あるんだかないんだか、コネリのくせにまったく鳴かない。撫《な》でさせない。撫でようとするとかみにくる。というか、かむ。歩いていると足に飛びかかってくる。寝ていると顔に飛びかかってくる。全身傷だらけである。床に積んであるあらゆるものを崩す。パソコンの電源を切る。三時間かけて描いたコンピュータグラフィックの絵が一瞬にして消えた。ま、ヒマだったんでそのコネリの似顔絵を描いてただけなのでいいようなもんだが。

でも寝ている時はほんとに可愛い。可愛いけど、家の中は、2の時にくらべて加速度的に蝕《むしば》みの度合いを増している。家の中には、段ボールを細かくしたようなゴミがジワジワと増えている。しかし、もうどうしようもない。

コネリは、久高島で拾ったので、クダちゃんという名前をつけた。でももっぱら「問題猫クダメンタイン」と呼ばれている猫。猫缶を開けていると、三匹の猫が足元にまとわりつく様はまるでウナギ養殖池にエサを投げたごとく、ぐにゃぐにゃのごちゃごちゃである。猫を飼うというのは、ま、そういうことだ。

本の生活

「渾身の官能巨編」を読みたかった日々

確か私が中学生ぐらいの時に、山口瞳の『血族』が新刊で出たのだ。あの赤っぽい、切れ長の目の女の顔面アップの函《はこ》入りハードカバーが学校帰りの駅ビルの本屋で平積みになっていた。「う、アレは！」

それを見た瞬間、ちょっと胸がドキドキした。「つ、ついに出たか。これはいよいよ読まなければならないか」

うちの親が週刊新潮を買っていたので、チリ紙交換に出す前のやつを抜き取ってこっそり読んでいた。いや、週刊新潮なんかべつに隠れて読むような雑誌じゃないが、目的がエロにあったのでついコソコソする。

男子中学生がスケベを好むように、女子中学生だってスケベは好む。男子中学生がエロ雑誌を買って隠しとくとかいうのは「そういうお年頃よねー」ですむし微笑ましいぐらいのもんだが、女子中学生にエロを求める気持ちなんて「無い」ものだと表向きはされてるから、エロ蒐《しゅうしゅう》集はすごくやりづらい。その頃は今みたいなギャル向けエッチ雑誌もレディースコミックもないので、エロを入手しようと思ったら男性エロマンガ雑誌しかなかった。表紙の美しい『エロトピア』……憧《あこが》れだったなあ。しかし本屋で買う度胸などなく、その頃私が夢想したのは、駅前によく設置してある「家に持って帰りたくない悪書はここに入れてください」の悪書ポスト、なぜかペンギンのカッコをしたやつが多いので私は悪書ペンギンと呼んでたが、あれを丸ごと強奪する！　ということであった。中には夢の悪書がたっぷり。シケた夢だなあ。ところで、どれほどの人があれに悪書を入れてるんですかね。何カ月に一回開けるとか決まっているのだろうか。開けるのは市役所か警察か、子供に悪書を見せぬ母の会とかなのか。回収された悪書はどう処理されるのか。こないだ高知で見かけた悪書ペンギンはすっかりさびついて十年ぐらいは開けてなさそうで、中にたまってる悪書は発酵してものすごいモノになってるんじゃないかと思わせられるものがあった。

話がそれた。悪書が欲しくてたまらないがままならない女子中学生は、谷内六郎の表紙の週刊新潮に「大人の雑誌だからせめて何かないか」とワラをもつかむ気持ちですがったのだった。そしたらちゃんとありました。宇能鴻一郎の連載小説と「黒い報告書」。

この二つを食い入るように読んでたというのは恥ずかしい。しかしそれまでエロといえば「マンガと写真」だったのが、この二つによって「字で読むエロ」に開眼したので私にとっては記念碑的存在なんです。さらに恥ずかしい。で、毎週コソコソと谷内六郎の週刊新潮に没頭した。そして、宇能鴻一郎よりもさらにエッチな五味康祐のくノ一小説を発見して喜んだりしていたのだった（この小説は五味さんの死去によって中絶してしまい、地団駄踏んだ）。でもあれほど熱心に読んでたというのに、タイトルもストーリーも、まったく記憶に残ってない。さし絵なんかは鮮明に憶《おぼ》えているのだが（そういえば、宇能鴻一郎専門みたいだったあの特徴的なさし絵のかたを最近見かけないがどうしてるんだろう。今連載中の日刊ゲンダイの宇能さんの小説も、違う人のさし絵なので魅力半減な気がするのは私だけか）。池波正太郎の小説でエロなのもあったような気がするが、それもエロシーンのみしか記憶ナシ。

そんな中の、山口瞳である。

毎週「男性自身」をやっているのを当然知るようになる。男性自身とはおちんちんの謂《い》いである。つまり瞳さんという年配の女性の男遍歴の話だろうとアタリをつけた。しかしチラッと読んで（というか頁を見て）みたところエロな雰囲気はない。イラストはアンクルトリスの柳原良平だし。しかし〝男性自身＝おちんちん〟という考えに凝り固まっている私は「これはエロではない」じゃなく「これはエロだが今はエロシーンがない」モノだという結論を下した。週刊新潮なので気取っちゃってるんだと思ったのだ。いいかげん肝心なトコを書いてくれよ、と怒ったりしていたのである。色に目がくらんでいたので許してほしい。

そこに『血族』が登場した。

タイトルといい、あの函の淫靡《いんび》な色合いといい、本屋での扱いのデカさといい、「ついに出た、渾身《こんしん》の官能巨編」なんだとばかり思い込むのもムリは……あるか。その当時の私にはそうとしか見えませんでした。

でも買わなかった。当時の小遣いでは高すぎたし、このネダンでまた「男性自身みたいに気取ったモノでエロが少なかったら」目も当てられない。もしかしたらものすごいモノなのかもしれない、としばらく悩んだ。でもその直後、道ばたで夢の『エロトピア』を拾って（ほんとに夢じゃないかと思った）しばし至福の時を過ごしたから『血族』はどっかいってしまったのだった。

数年たって、『血族』は文庫になって書店に並び、その数年の間に山口瞳の正しい認識を獲得していた私はそれを買った。そして読み終わった瞬間から山口瞳に熱中して、醒《さ》めぬまま今に至る。でも今も手元にあるぼろぼろになった『血族』の文庫本の、切れ長の目の女の顔の表紙を見るたびに、どうしても「悪書ペンギン」とか「宇能鴻一郎の小説の主人公の〝ワタシ〟が、インド式のサラサラカレーをつくって男に食べさすという話の載った週に、うちでもそれ読んでマネしたらしい母親がSBゴールデンカレーを単に水を多くしてしゃびしゃびにつくり、ものすごくまずかった」とか「五味康祐の小説で、くノ一が肛門《こうもん》に指を入れられてよがっていた」とか「その後もエロ小説は読み続けてるが、最高傑作はやっぱり千草忠夫の『姦の血脈』にとどめをさすよな」とか、そんな感慨のほうがどっと湧いて出てくるので、「はじめての山口瞳」という感激はどっかいっちゃうのだった。

でも、表紙をめくって、最初の一行の「私は、自分の家にあった、空襲で焼けてしまった一冊のアルバム……」のところを読めば、もう何もかも忘れて何百ぺん目かの血族の中に没頭してしまえるんだけれど。

山口文憲『日本ばちかん巡り』が読みたい

あの本をもういちど、といって思い浮かぶ本の筆頭は山口文憲の『日本ばちかん巡り』である。たぶんこの本は日本中世界中探してもない。国会図書館にもない。

つまり、まだ出てないのである。

じゃあもういちどってのはオカシイんじゃないかというと、私の場合は違うんです。まあ、この本（だからまだ出てないんだけど）にまつわる思い出を聞いてください。

大阪のJR環状線に乗っていると、ものすごく気になる景色というのがある。桜ノ宮と天満の間に天神祭で有名な大川が流れている。そこを越える鉄橋にさしかかるあたり。川のほとりぎりぎりに、明らかに他の川岸とは雰囲気の違う、こんもりした木立と質素な感じの家とも集会所ともつかぬ建物がある。それがほんとに「大丈夫か。天神祭で船が通って波でもたったら水かぶってタイヘンじゃないのか」というぐらいぎりぎりの水ぎわなのである。

最初はその家の水害についてのみ心配して環状線に乗るたびに食い入るように見ていたんだが、そのうちにその家の、なんだかよくわからない不思議な雰囲気に目が離せないようになった。

暗いように見えて明るい。排他的に見えてアケスケ。静かなようでガシャガシャしている。どう見てもタダの家ではない。

私は「水ぎわの家」の熱心なファン（ヘンな言い方だが）となり、しかしまわりの環状線利用者に聞いてもそんなもんを気にしてる人は誰もおらず、電車降りてそこまで行って見てくるか、でも知らない者が踏み込んでいってはイケナイ場所のような気もする……と悶々《もんもん》と悩んでいたまさにその時、芸術新潮の山口文憲の連載『日本ばちかん巡り』によってその家の秘密が解明されたのだった。本屋で開いた頁にあの家の写真が載ってるのを見た時は夢じゃないかと思った。ずっと愛読していた連載ではあったが、まさか今まさにかゆい場所をかいてくれるとまでは思わなかった。

で、私はこの連載が単行本になるのを今か今かと待っているのだが、その気配はない。芸術新潮の連載はたいがい新潮社から良質の装幀《そうてい》で単行本化されるものなのに、なぜコレは無視される。

あんまり待ち続けているものだから、私の頭の中にはもうこの本が出来上がってしまっている。装幀に値段に、手に持った感触、重さ、それを最初に見つける書店、それを手に取った時の「やっと出た!」というワクワクまで、アリアリと出来上がっているのだが。

まず装幀。ハードカバーではない。芸術新潮連載モノでも、白洲正子や青木玉や林真理子ならハードカバーだろうが山口文憲ではそうはいかない(すみません)。しかしソフトカバーであってもそこは新潮社、同じく芸術新潮の連載から生まれた、赤瀬川原平の名著『東京路上探検記』のように、紙もよく、使われる書体も品良く、ところどころにカラー写真も挿入されている。『日本ばちかん巡り』における写真はたいへん重要であった。聖地と教祖と信者。その中にたまに小さく写り込んでくる山口さんの姿というのも実になんとも味があったんだ。あれを見ると、朝のワイドショーに何かの間違いのような風情で出てきて、すまなそうにコメントしたりしている山口さんの姿がオーバーラップしてさらに味わいを増す。とにかく、芸術新潮連載出身の単行本は美しい。新潮社の本というと、だいたい新潮社装幀室ってとこが装幀をやってるが、この装幀室の人のインタビューをどこかでやってもらえないだろうか。室長はどんな顔してるのかとか、どこの美大出てるのかとか、ちょっと気になる。

値段は二千九百円。こういう本であるのでちょっと高い。が、これぐらいしたってぜんぜんかまわん。

ずしっと重い。中身があるって感じ。

冬、高松の宮脇書店本店で見つける。今までいろんなとこに住んだが、行きつけの本屋の中ではここがいちばん「ばちかん」に相応《ふさわ》しい気がする、なんとなく。宮脇本店でなければ京都のふたば書房河原町店でもいい。で、その日はちょうど『噂の眞相』も発売になっていて、二冊重ねてレジに出しながら、「ああなんて幸福なんだろう」と思う。

……と、そこまで出来上がっている『日本ばちかん巡り』。実はもっと先のことまで見通してある。

この本はすぐなくなってしまうのだ。

値段が高いもんだから最初に刷った数が多くなくて、芸術新潮時代から注目していた読者が一通り買ったら品切れになってしまう。しかし新潮社は「ま、このあとあんまりノビないでしょ」かなんか言って増刷しないのだ！　したがって、あんまり多くの人の目に触れることもなく、消えてしまう。おまけに、引越のドサクサで、うちの本棚からも忽然《こつぜん》と姿を消すのである。痛恨である。出版社に注文しても品切れ、やたらなんでも文庫になる昨今なのに「ばちかん」にはその気配なし。なんで、なんで、どうしてなんだー！

……と、出てもいない本にここまでイレこんでいる私はどうかしてるのかもしれないが、ぜったい面白いんだってば、『日本ばちかん巡り』は。私の中では「もういちどあの本を」の筆頭である。出てなくたって「もういちど」と思うぐらい。新潮社さん、もういちど、出してください。お願いします。

※二〇〇二年二月に出版されました。万歳！

マボロシのこねこ本と食べたかったケーキ

本屋に行ったら、新刊書の平積み棚に『こいぬとこねこはゆかいななかま』が置いてあったので驚いた。私が子供の頃（二十年以上前だ）たいへん愛してた本なのに、自分のうち以外のどの家でもどの本屋でも図書館でも見たことのないマボロシの本だったのだ。

『こいぬとこねこはゆかいななかま』は児童書だと思うんだけどなんか醒《さ》めたような変わった内容である。〝ぶんとえ〟はヨゼフ・チャペックだったかな。絵は一見ポップで可愛いが、よく見るとこいぬもこねこも表情がない。そして二人の醒めた日常が淡々と描かれる。いや、けっこう事件もあるんだけど、こいぬもこねこもクール。とくに子猫とは信じられないこねこの老成ぶりに幼い私はすっかりシビレてしまった。

「いいわ。すきなようにいっていらっしゃい」

なんてことを言うのであるこねこが。表情のない顔で。「なんかかっこいい」と子供心に感動して、私はある日珍しく一緒に買い物に行った祖母と「猫可愛い、飼いたい」「あんなもん可愛くない、飼ったらアカン」で言い争いとなった時、「ここだ」と思って「ばあちゃんが猫が可愛くないと思うんだったら好きなように言っていらっしゃい」と言ってみた。こねこがそれを言ったら、こいぬは納得して話は静かに収まってたから、私もそれで収めようとしたんです。

「しーん……」確かに静かになったが、ものすごくマズイ雰囲気になり、数日後、ばあちゃんと折り合いの悪い母親が実家に帰ると泣きながらバッグに服をつめるという事態になったのだった。

なんて思い出よりも、私はこの本に出てきたケーキのことが忘れられない。こいぬとこねこが近所の子供（人間）のためにケーキを焼く。それがすごく旨《うま》そう。とにかく二人の好きなものを何でも入れる。十種類ぐらいぶちこんでたと思うが、鮮明に憶《おぼ》えてるのが「ねずみ四匹」「ほねをどっさり」「サワークリームをどっさり」。これをオーブンに入れると「いいにおい」と「ふるぞうきんをもやしたようなにおい」が部屋にただよったと書いてあって、それがたまらなく旨そうで読むたびヨダレが流れた。このケーキは子供が食べる前に〝のらいぬ〞がぜんぶ食べちゃってお腹をこわすというオチなんだけど、この時もこねこは、わたしたちがおなかをこわさなくてよかったわ、とか言ってクール。かっこいいなあ。でもお腹こわしてもいいから私も食べたかったなあねずみ入りケーキ。

このケーキに入ってたものをぜんぶ思い出したくなって、『こいぬとこねこはゆかいななかま』を買おうと本屋に出かけたら、平積み棚にあんなに積んであったのが忽然となくなっていて、それっきりどこの本屋でも見たことがない。ふたたびマボロシとなってしまった。もちろん二十年前の本はとっくになくなっている。

私は夢でも見てたんだろうか。

尾辻克彦『肌ざわり』は「とろーん本」である！

はじめて本屋に注文して取り寄せて買ったのが尾辻克彦の『肌ざわり』であった。高校生の時だ。しかしこの書名は悩ましい。本屋の店員にエロ小説注文してると思われたらどうする。本屋から「『肌ざわり』入荷しました」とか電話がかかってきたら親に誤解されるのではないか。まあ『肌ざわり』を買うに至る遠いキッカケはエロだったけど。尾辻さんが『父が消えた』で芥川賞を取った時、「村上龍に池田満寿夫と芥川賞はエロ路線（子供の言い草なので許してほしい）が続いた。これもか？」というんで注目して読んでみたらまったくエロじゃなく、でもコトバや文章のリズムがすごくキモチよく、とろーんとなってしまって、ああこれは他の本もぜんぶ買わねば！　となったわけだ。エロ目当てで多くの素晴らしい非エロ作家を発見してきた。

今回はエロの話ではない。私はその時、尾辻克彦本人のミーハーであった。新聞で見た尾辻さんの顔がすごくハンサムだったのだ。大きなタレ目に半びらきまぶた。顔面の皮膚が薄めで、頭蓋骨《ずがいこつ》のカタチがよくわかる……って、原尞もそんな顔だが、原尞では全然ときめかない。尾辻さんはその顔でナサケナイ風情だからいいのだ。とにかく高校生の私は尾辻さんの写真をぽーっと眺めながら似顔絵を描いたり（とても描きやすい顔だ）文を読んでとろーんとなったりしてとても幸せなのだった。『肌ざわり』はまた『父が消えた』以上に〝とろーん本〟だ。尾辻さんの本はほとんど読んだが『肌ざわり』がいちばん。

でもちょっと今、ひっかかってることがある。『肌ざわり』の文中で「私＝尾辻克彦」が娘の胡桃子と床屋の話をする。胡桃子はお父さんに坊主にしたらと勧める。お父さんは断る。坊主にしてみたことはあるけれど「ガッカリした」「こういうお父さんみたいな下の方が重い顔はね、短かく刈ると本当にみっともなくなるんだから」。

尾辻さんはエラが張っているのだ。それも南伸坊みたいな円満な張り方じゃなくて、もっとエラが何かを主張してるようような。そういう顔だから坊主は確かに、想像するだに似合わないと思った。その時の尾辻さんの髪型はごくふつうのお父さんぽい髪型で、自然にたれた前髪がいい感じであった。

しかしだ。今、尾辻さんに前髪はない。伸びかけの坊さんみたいな坊主頭である。「なぜだ！」

私は叫んだ。「想像通りだ!」

しかし尾辻さんはガッカリしてる様子もない。私一人がガッカリしている。尾辻さんはさいきん露出が多いので、なんとか慣れてきたが、それでも昔みたいな前髪のある髪型のほうがどうしてもステキだという悶々《もんもん》とした気持ちに襲われ続ける私なのである。

尾辻さん、なんでまた坊主にしたのかどっかで説明してくれないか。ガッカリとは折り合いをつけたんですか。あのとろーんとなる文章で説明してもらえれば納得しちゃうと思うので。べつに怒っちゃいませんから。

どうしても読めない『銀の匙』

十年前の日記なんてのは、読み返すのがもっとも恥ずかしい頃合いのものじゃないかと思われるが、先日、ふと出現したので読んでしまった。

それは『買書日記』である。

今もヒマだが、その頃はもっとヒマで、毎日毎日ふらふら本屋に行きふらふら本を買っていた。それを家に帰って日記につけるわけである。そういう日記をつけてたことは憶えてたが、どんな本を買ったかまでは忘れていた。

たまげた。岩波文庫ばっかり。そういえば一時、凝ってたんだ、岩波文庫。それも読むんじゃなくて、買うのに凝っていたのであった。「懐からこういうのをサッと出して読むとカッコいいんではないか」とか考えながら『和泉式部日記』だの『臨済録』だの『美味礼讃《らいさん》』だの買ってきて、日記に書いて悦に入る。いいトシしたオトナが。これはエロ本蒐集《しゅうしゅう》よりもある意味で恥ずかしくはないか。そんな調子だったのでそれらの本は買ってきただけで読まれることはなく（いや、いちおう読もうとはした。食い意地がはってるからせめて『美味礼讃』ならとかいう計算もあったのだが……読了することはなかった。『和泉式部日記』なんか頁をくった記憶もない）、古本屋に売り払われ、あれほど買いまくったというのに、今、手元に残っているのはたった二冊だ。ところで私は、売った本が古本屋の店頭に出ていると、自分が売ったことも忘れてついまた買ってしまうというバカ者です。で、結局それでも読まずに捨てるのだった（売るとまた買っちゃいそうなので）。

さて、手元に残った岩波文庫のことを今回は書きたい。

一冊は小堀杏奴の『晩年の父』。これは面白かった。ちゃんと最後まで読めたし……なんて言うと和泉式部に失礼か。森鷗外のことを書いた本というのは、家族が書いたものでも他人が書いたものでも、どうしてこう面白いのか。鷗外本人の本は読めないが……。そしてもう一冊は中勘助の『銀の匙《さじ》』。書名がいいので買った。そして最初の頁を読んで感動した。なんと平易で格調高い文章。

でもこの本を、私は三頁目までしか読めないでいる。なぜかというと、三頁目に、語り手の〝私〟が、生まれてすぐ、「松かさのように」頭から顔からいちめんふきでものがした、という描写があって（銀の匙はそのふきでものの薬を〝私〟の口に入れるためのものだったという来歴が語られる）、それを読むと「松かさの顔」を想像してぞおーっとなって、先に進めないのだ。文章が簡潔で美しいだけにいろいろ想像できてしまう。いつか最後まで読みたいと思って手元に置いているが、手に取るとやはり「松かさ」のところでぞおーっとなり、そのかゆさとか想像してしまう。ああ松かさをかきむしりたい。こう書いている今もかゆい。さすが名文と謳《うた》われた『銀の匙』である。しかし、いったい、『銀の匙』ってどういう話なんだろう。

森茉莉に長生きしてほしかった理由

筑摩書房から出た森茉莉全集は『ドッキリチャンネル』が完全収録されたんでありがたかったが、なにしろ本が立派で重すぎる。あれは寝っころがって読むものだと思うからそうしてるが、なんべん顔の上に落っことしたか。顔面がツブレるかと思った。もっと粗悪な紙のペラペラのしょぼい装幀《そうてい》で（でも文庫はイヤ）、週刊新潮連載時についていた写真（テレビに映ったサラ金事務所にいた猫の画面撮り写真とか、その粗い写真がいい味出してたんだ）もちゃんとつけてドッキリチャンネルは読みたかった。新潮社から出た「森茉莉・ロマンとエッセー」のほうは寝ころんで読むのにちょうどいい体裁の本だったが『父の帽子』なんてのは、これはあんまり寝ころがって読む感じでもないしなあ。

森茉莉というといつも思うことがある。

「森茉莉とサシで大ゲンカするバアさんが現れちゃくれないか」

人にケンカをけしかけてはたで見物するなんてのは悪趣味だが、森茉莉のガチンコのケンカとなれば、これは芸術品となりうるのではないか。森茉莉がまず口火を切って悪口を言う。すると「何を言うかこのババア！」とつかみかかるような勢いで立ち向かうバアさんが登場したら……と想像するだけでドキドキするではないか。この場合、ジイさんや中年や若者ではダメで、やっぱり美意識と気概を持ったひとかどのバアさんが相手としてはいちばん燃えると見る。森茉莉の本を読むたびに、「ケンカ相手に面白いバアさんは誰か」のマッチメイクを考えてしまって本を読むどころではなくなる。

宇野千代はどうだ。この人の場合、いい意味の大人げなさがありそうで、ケンカもハデにやってくれそうだ。でもそのハデさが大味につながる恐れがある。それに宇野千代というのはケンカ相手としてあまりにも当たり前というか、意外性に欠ける。

幸田文。文豪の娘同士の対決。何をするにもスレ違いそうで、お互いカンにさわってタイヘンなんじゃないか。いったんコトが起これぱものすごいことになりそうという楽しみはある。しかし幸田文はうまいところでサッとひくという術を心得ていようから、見物人は欲求不満に陥るかもしれぬ。

白洲正子。この人が私の本命だ。この二人が対決したらどうなるのか。対決させたい。二人ともお嬢さんで、美意識の人であるが、方向がぜんぜん違うように見える。すごく合わないんじゃないか。ちょっと喋《しゃべ》ったらいきなり二人ともイヤな顔になるんではないのか。そして森茉莉がまずドッキリチャンネルでいきなり悪口を書く。受けてたった白洲正子が芸術新潮で反撃する。ああ、考えただけで手に汗握る……。ま、そんなことはなさらないでしょうが。

でも上等の剣豪小説でも読むみたいに、森茉莉と著名バアさんの決闘は、面白いと思うのだ。ああ、長生きしてやってほしかった。

もっと読みたい！　ホモ小説礼賛

本屋に行くとすごくたくさんのホモ小説を売っている。ホモじゃなくてボーイズ・ラブと言うらしいですね、最近は。私はホモ小説がとても好きだが、ボーイズ・ラブの学園モノで「結城センパイっ」「優樹……好きなんだ」「あっ、そんなこと」なんていうの（今とっさに考えた架空のものです）では燃えることができない。私が読みたいのは、男と男の激しいぶつかり合い（ベッドシーンの話ではなくて）だ。ここ数年でいちばん燃えたのは高村薫の『神の火』（改訂前のやつ）だ。出てくる男全員がさりげなく美しくカッコよく、我が身を削るように男を愛し、そして傷ついて、あげくのはてに原発をぶっこわしていた。高村薫という人は「渾身《こんしん》のホモ小説を書いてみたらとんでもなく筆力があって直木賞まで取っちゃった」という人なんではないだろうか。『レディ・ジョーカー』もホモ爆発してたし。半田が合田を見つめる目つきがすごくホモ。合田と加納との関係なんて、あからさますぎてかえってホモじゃないんじゃないか、と思うぐらい濃いホモ世界が渦巻いていた。

しかし高村薫以外に、私好みのホモ小説を書いてくれる作家がいない。「結城センパイっ」の学園モノは物足りないし、お耽美《たんび》モノは「おいおいマジかよー」とついツッコンじゃってノりきれない。かっこいいけど適当にキタナイ男たちが、ガンガン何かをやって、そしてホモの火花をパチパチと散らすリアルなホモ小説はないのか。見つけた。マンガだが。でもいわゆるホモマンガ（これもさいきん多い）ではない。『ギャンブルレーサー』だ。有名な競輪マンガです。競輪ファンだからということではなくて、私はこのマンガに男と男の愛を見てしまう。とかいうとなんかシリアスなマンガかと思われるかもしれない。そんなんじゃない。主人公の関優勝は強欲なハゲオヤジで弟子たちを虐待しまくり、きたねえレースをして選手とモメ、客に罵声《ばせい》をあびまくる、というスジのギャグマンガ。これが実はすごい男愛マンガなのだ、よく読むと。関はハゲてハラが出てるが異様にカッコいいハゲ方およびハラの出方で、この人がサルやジャガイモみたいな顔の選手たちとバンクの上で肉弾戦をくりひろげる。強気に出たかと思うと弱気にもなる。そして弟子を虐待するシーンも、なんかSMというか「性の快楽を追求するあまり」みたいな、両者合意のプレイみたいなものを感じさせる。ああ、ドキドキする。ドキドキしつつ笑える。今、もっとも良質なホモストーリーだろう。

でも高村薫とギャンブルレーサーだけじゃさびしいのだ。もっと胸をゆさぶるすごいホモ小説を！　なんかホモ小説っていうといかにもキワモノくさいが、でも人間ドラマとかいうともっとクサイし、ここはホモ小説で通したい。ホモ小説はいいぞ！（いいやつは）

いろいろ気になる町田康

町田康は、あの顔が自分で好きなんだろうか。あの、目の玉むき出してこっちを睨《にら》みつけてる顔。新聞広告でも雑誌の記事でも、プロモーション用の写真という写真はあの顔をしている。町田さんはパンクロッカーだったのでレコードを何枚も出している。町田さんが音楽のほうでメジャーデビューしたのは今をさかのぼること十七年前、ＩＮＵというバンドでだが、ファーストアルバム『メシ喰うな』のジャケットもまさにあの顔。ロッキング・オンの渋谷陽一に「ヴォーカリストの面構えがいい」と書かれてホメられたので、町田さんも気をよくしたんでしょうか。『メシ喰うな』発売記念ギグ（パンクロックはライブじゃなくてギグというんです）が新宿ロフトであるというので見に行ったら、どういうわけか最前列のカブリツキになって、ナマ町田のあの顔の大アップをいやっちゅうほど見せられた。なかなかハンサムだったが、「顔が疲れないだろうか」とちょっと心配になった。あれはやっぱり、たまに鏡でも見て「オレはこの（といってそこであの顔をつくって）顔がいちばんカッコイイぜ。ふっ」とかやったりしてるんですかね。それで「写真は常にこの顔でいくぜ」とかしてるんですかね。してなければいいんですが。してませんよね。

顔以外にも、町田康に関しては気になることがある。町田康ってマチダコウだと言ってるが、これってほんとはマチダヤスシではないのか。コウってのはちょっとカッコよすぎでは。町田さんはパンクロッカー時代町田町蔵と名乗ってたのは広く知られたところであるけれど、その当時、町田さんの地元である大阪で出ていた音楽のミニコミで『アウトサイダー』というのがあって、こんなものを知っている（憶《おぼ》えている）のは日本人全員に聞いても百人ぐらいじゃないかと思うが、これがけっこう内容の偏りまくった面白いミニコミで、今私が競輪のミニコミなんかをつくってるのもこのアウトサイダーがあったればこそなのである。そのアウトサイダーにINUの記事が出ていて、町田さんの写真の下に「YASUSHI　MACHIDA」って書いてあったんだがなあ。で、私はずっと「町蔵の本名はヤスシだ」と信じてたんだがなあ。それがいきなり「コウ」だと言われてもなあ。町田さんの文章を読むとあれは「しょぼさの美学」を追求しようとしていると見える。本名がほんとにコウであっても、ここはヤスシと読ませるべきではないか。町田のヤッサンとなるのがほんとじゃないのか。

「ワシがコウいうたらコウなんじゃ！　ガタガタぬかすな！」とあの顔で睨まれたら「すいません」と引き下がるしかありませんが。読者の余計なお世話でした。

ところで、この『アウトサイダー』まだ持っている人っていないだろうか。そういえばそこに載ってた町田さんは、全盛期の長州力みたいな髪型をしてたなあ。あれはなかなかレアだったなあと思うんだけど。

「夜は左手」ってなんだ?

青柳恵介の『風の男　白洲次郎』を読んでいて、あることを思い出した。

この本の最後、白洲次郎が死ぬところ、夫人の白洲正子の文章が引用されている。〝ベッドへ入る前に、看護婦さんが注射しようとして「白洲さんは右利きですか」と問うと、「右利きです。でも夜は左……」と答えたが、看護婦さんには通じなかった〟

これが私にも通じなかった。夜は左手ってなんのことだ? 左手といって思い出すというと『左手に告げるなかれ』じゃなくて風俗体験レポとして出色の名著、久住昌之『ある純情青年の風俗十番勝負』である(横道にそれるが、これはほんとに面白い本です。男になって風俗行ってみたいと思わせられる。読みすぎてボロボロ。新しいのを買おうかと思ってももう何年も前から本屋にはどこにもない。文庫化熱望)。この本の登場人物の加藤正一くんが「ところがオレいつも左手なわけ。右利きだけど、オナニーは左手でしてるわけ」と述べる場面である。男ではない私は「なるほど、右利きでも電話の受話器は左手で取る。同様にオナニーもそういうものか」と、一つ知識を増やしたのである。で、白洲さんも、死の床につくという時ですら「夜は左手」なんて言っちゃって余裕というか軽妙洒《しゃ》脱《だつ》というか、そういう話なのだなといったんは納得した。

しかしその後、「右利きなら右手がふつう」という意見を聞いてしまい、それにそもそも白洲正子のご亭主がそんなこと言うだろうか。そんな、オナニーってことはないだろう(したとは思うが)。私にはさっぱりわかりません。夜は左手って何？　誰でもわかるの？

そして、それに付随してあることを思い出したのである。「そういえば、コケモモのパイも意味がわからんぞ！」

言葉の意味がわからなければ辞書を引けばよい。しかし「夜は左手」みたいなのは辞書引いたってわからない。コケモモのパイもわからない。それは『続あしながおじさん』に出てきたコトバである。主人公のサリーが、ジョン・グリア孤児院の院長としてやってくる。その時にデカイ犬を一緒に連れてくるんだが、その犬を見た夜警のおじさんが、「この犬にコケモモのパイを食べさせているのか？」と、〝しゃれたことを言った〟と書いてあったのだ。そりゃドッグフードよりコケモモのパイのほうがしゃれてるだろうが、しかしなぜ唐突にコケモモ？

と約三十年にわたって悩んできたが、本屋で『続あしながおじさん』を探して再読してみたらちゃんと解説がついていた。犬の舌が黒いから、コケモモ（ブルーベリーらしい。これもガッカリ。もっとうまいもんなのかと思ってた）で舌が黒くなったのか、という「しゃれたこと」なんだそうだ。聞いてみればつまらん話だった。ということは「左手」もつまらんオチなのかなあ。タネあかしはしてもらわないほうがいいのかも。

〝ワクワク〟が伝わる久住昌之の本たち

前の項でちょっと触れた、久住昌之の『ある純情青年の風俗十番勝負　番外編もあります』という本、本屋にはもちろんないし、図書館でもめったに見つからないみたいだ。もしかして、ものすごくレアな本になっていて、うちにあるボロボロのやつを古本屋に持ち込んだら十万円ぐらいで引き取ってもらえる……なんてことあるわけないか。私はこの本によって「キャバレーというところはどういうふうになってるのか」というのを知った。って言ってもこの本が出たのが昭和六十年だからもうずいぶん前のことであって、今日のキャバレー事情はまたすっかり変わっちゃってるだろうが。どこかで文庫本にしてくれないかなあ。情報としては古くなってるけど、すごく胸のトキメク読み物なのに。

この本がもうどこにもないとすると、『風俗十番勝負』に先駆けて久住昌之が出した、『近くへ行きたい。秘境としての近所——舞台は〝江ぐち〟というラーメン屋』というすごく長いタイトルの本（以下『江ぐち』と略す）もないのだろうか。両方ともはまの出版というところから出ていて、すごく安い感じの本である。とくに『江ぐち』のほう、写植を切ってテキトーに貼りつけたのか、字が揃ってなくてガタガタしてたりして、しかし私はその雰囲気が、駄菓子的とでもいうか、すごくいいと思うのである。装幀《そうてい》が立派でありゃいいってもんじゃないという見本のような本だ。ま、ただの「失敗」なんだろうけど。

久住昌之を読んでると、「クダラナイことでも楽しみようによっちゃすごく楽しい」というのを思い出させる。自分までワクワクしてくる。「そうそう、こういうコトですげえ楽しめるんだよなー」と。

で、『江ぐち』。これは久住さんの近所のラーメン屋「江ぐち」のことを書いた本だ。メニューから、職人の人生まで勝手に思いを馳《は》せるという本だ。その勝手な想像がまたおかしいんだが、愛があるからイヤな感じはぜんぜんしない。その「江ぐち」にアクマと勝手に名付けられた職人がいる。クールでちょいといい男。この人に私はずっと憧《あこが》れていた。実は江ぐちは私の実家の近所でもある。行こうと思えばすぐ行ける。行けるが、本を読んでノコノコ出かけるというのが久住さんに失礼な気がする。そしてアクマ氏がほんとにカッコよかったら困る。ただでさえ好きな男が多くて大変なのにこれ以上「彼に会いに江ぐちに行きたい。しかしあんまり行っても迷惑では」などと思い惑うのはイヤである。

でも、本が出てから十何年もたってるからいいだろうというんで、ついにアクマ氏に会うべく江ぐちに出かけたのだが……その時間は他の方と交代していて出ておられなかった。私は静かにタケノコそばをすすって店を出た。放心するほどうまかった。アクマ氏に会えるのはいつなのだろう。でも会ってはイカンような気もするのだ。久住さんの『江ぐち』だけを読んでいればいいのかもしれぬ。

吉祥寺の〝ウニタ〟とハンバーグ屋

うちは引越が多いんだけど、新しく住むことになる町で最初に探すのは本屋じゃなくてケーキ屋だ。でもその次に本屋を探す。

「いい本屋はないかー！」と悪い子供を探す秋田のナマハゲのような勢いで、町中を探しまわる。でも、いい本屋ってどんな本屋だろう。私の場合、二十年前に足繁く通っていた、吉祥寺《きちじょうじ》は中道通り商店街のウニタ書店というのが「最高にいい本屋」のモデルなのであった。過去形になってるのは、もうなくなっちゃったからだ。私はどんな町に行ってもすぐ、ウニタを探してしまう。ウニタみたいな店はないか。

べつに見かけは商店街の間口二間ぐらいの小さなきたない本屋で、小さい頃からマンガ（週刊マーガレットが七十円の時代だ……）をそこで買っていた。いちばん近所の店だったから。しかしそのうち、その店がやけに濃い店だということがなんとなくわかってくるようになる。ものすごくぼろい棚の上のほうにはハードカバーがぎっしり並んでいて、その中にあった埴谷雄高の『死霊』の装幀がすごくカッコよかったが、当時の私は「怪談」だと思っていたのだった（いまだに読んでないので怪談の可能性もあるが）。堅い本ばかりじゃなくて、自販機本と言われるようなエロ＆サブカルチャー雑誌を、自販機に入れないで売っていたし、ミニコミも充実していた。『前進』なんてのも置いてあって、でも売れるものの本線はマンガや週刊誌で、そういうものをバカにしてない感じもよかった。

この店の道をはさんだ向かいに、『ニューバーグ』という名前の、これもまた今はもうないハンバーグ屋があり、ウニタで買った本をそこでハンバーグ食べながら読むというのが至福の時だった。ふつうタイプのハンバーグが、味噌《みそ》汁とごはん付きで確か三百円という安い店で、大好きだったのだ。私はふつうより五十円ぐらい高い「メキシカン」というソース辛目のやつに、スープ（キャンベルのコーンスープだったな）とライスを付けて四百円ぐらいのセットばっかり食べていた。しかし、すげえうまいハンバーグ屋があると学校の同級生を連れていったら「まあこの値段ならこれでしょうがない」と言われてショックを受けた。こっちはホンキで「すごくうまい。至高のメニュー」だと思ってたのに。

ウニタとニューバーグを失って以来、私はさまよい続けている。ハンバーグは、大阪の堺に浪花亭といういい店を見つけたので、どうしようもなくなればそこまで行けばよい。

しかしウニタはない。名古屋と大阪にウニタという店があるというんでわざわざ出かけていったが、確かにウニタっぽい店だったが私の求めている「吉祥寺のウニタ」ではなかった。だってマンガ週刊誌とか売ってないんだもん。

ウニタをやってたおじさんはメガネをかけた物静かな人だった。今どこでどうしてるんだろう。吉祥寺にまだ住んでるんだろうか。

高校時代に読んだ『人形たちの夜』

高校時代、友達に本を借りた。その頃本を借りるというとたいがいエロ関係であって、その本も「男同士のエロシーンがある」というフレコミで友達の間を回っていたモノである。真面目な小説の男同士のエロシーンはドキドキであった。

で、本を返してからまた読みたくなってもういちど借りようと思ったのだが、持ち主と大ゲンカして言い出せない状況に陥った。しょうがない自分で買うか。しかし本のタイトルもストーリーも忘れている。エロシーンはハッキリ憶《おぼ》えてるのに。かろうじて作者はわかる。中井英夫。近所の本屋に行くとあった。三一書房『中井英夫作品集』。『虚無への供物』というのが入っていて、たぶんコレだ。小遣いをはたいて迷わず購入。初っぱなからゲイバアのシーンなんか出てきて息を呑《の》みつつ読んだ（探した）がエロシーンは最後まで出てこなかった。私は怒り狂い「ちきしょー騙《だま》された」と本を放り出したのであった。

どういう拍子でまた手に取ったのか、もういちど読んでみたらこれが面白かったのである。まず笑える。推理合戦における藤木田老の発言がいちいちオカシイし、久生のピントのはずれっぷりも豪快で私の笑いツボを突く。お耽美《たんび》という面では、イマイチ来るものがなく、藍ちゃん（男）は可愛いが女の子とつきあってるのがドッチラケで、そのヘンはツマラナかった（男同士でありさえすればいいのか私は。でもたとえば『新宿鮫』でも晶が男の子だったらすごくイイと思うんだけどな）。それよりも、寺好きとしては「五色不動」ってのにワクワクした。もちろん五色ぜんぶ巡りましたとも。私は目黄不動がいちばん好きです。そんなわけでエロがなくとも充分楽しめる『虚無への供物』。無人島へ持ってく本のリストに書き加えられたのである。

しかし一つひっかかってるところがあるんだよなあ。推理合戦してるところで、死体を物置に隠していた、という推理を藍ちゃんがするところ。そこで久生が「どうでしたの藤木田さん、物置の中は」と振ると藤木田老は「びしょびしょに濡《ぬ》れて、いちめん血だらけじゃったよ」。

おいおい！　ってことは藍ちゃんの推理、そこんとこはアタリじゃないの。なのに藍ちゃんを含むその場の四人、その重大発言にビックリもせず、おまけに別の話題にさっさと移っちゃうのである。血だらけの物置はどうしたんだ！　もっとつっこんでくれ〜！　推理小説マニアの間では、この部分に対する解釈はどうなってるんでしょうか。ま、そんなことどうでもいいぐらい面白い小説ですが。

ところで、冒頭の、男同士のエロシーンの出てくる中井英夫の小説は『人形たちの夜』でした。古本屋の百円均一の棚の文庫本で見つけて買ったら懐かしいエロシーンが出てきて約二十年ぶりの再会を果たした。でも、いくらエロがあるからといっても、『虚無への供物』ほどは面白くありませんでした。

ムーミンの彼女は「ノンノン」だ

前に住んでいた社宅の、奥さんたちの井戸端会議に私の話題が出てきたらしい。もちろんよろしい話題じゃないのは想像がつく。潜入させておいたスパイの報告によれば、「愛想が悪い」「草取りドブ掃除も出てこない」「だんなさんもだらしない」「越したあとの家は汚くて住む気になれない」「内緒で猫飼ってダニをわかした」云々。こうまで予想通りだと笑う。その時に、奥さんの一人がムーミンファンだとかでムーミン絵葉書を持っていて、「ちょっとこれ、青木さんに似てないー？」「ヤダーッ、悪いわよ」「でも似てるわよー」。スパイはムーミンに詳しくないので「横縞《よこじま》のシャツに髪の毛がバサバサのヘンなの」という情報のみしか伝えてこなかった。私はさっそく図書館に行き、ムーミンシリーズをすべてめくって当該人物を探した。ちょっと可愛いヤツが出てくると「コレか？」と思ってしまう自分が哀しいが、すぐ見つかった、横縞シャツに頭バサバサ。『ムーミン谷の冬』

に出てくる「おしゃまさん」だ。おしゃまでもなんでもない。体型は私そっくりだし、服の着こなしもよく似ている。見るからにヘン。悪いヤツではないが好人物でもない。私はこんなんか……。小学校の頃、ムーミンシリーズは大好きで読んでたが、こんなの忘れてたよ。

今回の話はそのことではない。ムーミン読み直して思い出した、「ノンノン問題」だ。子供がいないので気がつかないでいたのだが、ムーミンの彼女、あれは「ノンノン」という名前だっただろう、私らが子供の頃のカルピス劇場のムーミンでは。それが！　いつの間にか「フローレン」とかいう腰抜けな名前に変わっている。なんだフローレンて。話は違うけど、リニューアルしたアニメのゲゲゲの鬼太郎にもきゅうに夢子ちゃんとかいうカワイコちゃんが登場したりして、マドンナづらをしている。猫娘が気の毒じゃないの。私が小学校の時に持っていた鬼太郎の単行本の、何巻だか忘れたけどねずみ男がひとだまをつかまえて天ぷらにして食べるとほっぺが落ちるほど美味《おい》しい、という話の載ってた巻(ほんとにひとだまの天ぷらはうまそうだった)には、夢子ちゃんなんて登場しなかったぞ。猫娘もいなかったが。

ムーミンを読むと、ノンノンなんてのは登場しない。あれは正式には「スノークのおじょうさん」だ。しかし、テレビでいちいちスノークのお嬢さんというのも子供にはわかりづらいというのはわかる。なら名前を、となった時、「ノンノン」と「フローレン」だったらどう考えたってノンノンだろう。彼女の雰囲気からすると。いかにもお手軽な名前ではあるが、とぼけた感じと可愛らしさとちょっと冷たいところはまさに「のんのん……」。昔の人のほうがセンスあったよ。

今からでも「フローレン」は「ノンノン」に戻すべきである。ついでに、鬼太郎からは夢子ちゃんを消していただきたい。

子供の頃に読んだまぼろしの絵本

子供の頃、いちばん好きだった絵本は『おおきなかぶ』だった。……と思い込んでいたんだが、本屋で『おおきなかぶ』を見てみたら私の思ってた本と絵もスジもまるっきり別モノだったのでショックを受けた。じゃあ私の思ってた『おおきなかぶ』ってのは何だったんだ。

幼稚園で、確か福音館の絵本が毎月配布されていて、そのシリーズの中の一冊だったはずだ。

『ぐりとぐらのおきゃくさま（出てくるケーキがうまそうだった。チョコレートがかかっているやつ）』『そらいろのたね（これは大好き。終わり方がぶきみ）』『ぐるんぱのようちえん（ぞうが焼いた巨大なビスケットが出てきて、それが憧《あこが》れであった）』『だるまちゃんとてんぐちゃん（てんぐちゃんがものすごい顔で怒っている場面があり、その頃まだ眉間《みけん》にシワをよせることのできないコドモであった私は「私もはやくてんぐちゃんのような怒った顔ができるようになりたい」と思った)』。ああ懐かしい。当時は中綴《なかと》じの、表紙もフニャフニャな簡素な本であったが、いつの間にかすべてハードカバーに昇格して本屋の絵本コーナーに常備されるようになった。『ぐりとぐら』なんて絵本界でのスターの座はゆるぎないものになっている。しかし私は納得がいかない！　なぜ『おおきなかぶ』……は違う本だからここでは仮に『かぶ物語』としておこう、なぜ『かぶ物語』はハードカバー化もされず、消えてしまったのか。

『かぶ物語』のスジはこうだ。冬、うさぎが食べ物を探しに行って大きなかぶを二つ見つける。ぜんぶ食べないで一つは友達にわけてあげようと思い、仲良しのロバ（このへんの動物はウロおぼえ）の家に持っていってやると留守なので玄関に置いてくる。ロバは食べ物を探しに行ってイモ（このへんの野菜はウロおぼえ）を見つけて帰ってくると、かぶが置いてあるので、仲良しのシカの家に持っていってやる。シカは食べ物を探しに行って菜っ葉を見つけて帰ってくると、玄関にかぶが置いてあるので……という具合にグルグル回って、またうさぎの家の玄関にかぶが置かれていました、というお話です。絵がすごくよかったのだ。動物はいかにも動物らしく、かぶも、さつまいもも、菜っ葉も美味しそうだった（でも、私がシカなら、かぶを食べて菜っ葉を友達にやるなあと思った）。

　しかし、私の周囲でこの本を知ってる人がいない。図書館で書名検索をしようと思っても『おおきなかぶ』だと思ってたから、出てくるのは本当の『おおきなかぶ』。なら「かぶ」で検索にかけたら株関係の経済書がゴマンと出てくる。そうじゃないよ！　ああ、あの絵本のタイトルは何だ。かぶじゃなくてともだち、だったかなあ。ともだちで検索かけてもゴマンと出てくるぞ。今インターネットで見たら「けろけろけろっぴの友達ナントカ」なんてのが出てきちゃったぞ。けろっぴじゃなくてうさぎなんだよ！

恥ずかしいけどまた読みたい

　いっとき「著名人が自分の本棚の写真を撮らせてその本たちについて語る」という本が流行《はや》った。私も買い込んだ。「ふだんあんなエラそうにしてる有名人も本棚にはこんなバカな本が並んでるぞ、わはは」と笑いたかったんだが、やっぱり写真に撮らせるぐらいだからバカ本は撮影隊到着の前に抜いてるんだろう。たいがいは内容にあまり破綻《はたん》のない、キレイな本棚で落胆させられた。

　まあ私だって、自分の本棚を撮ってもらう時のために（本好きの人ならそんな夢想はぜったいにしているはずだ）、これを並べときゃカッコいいと思う本のみセレクションした本棚をすでに用意してある（本好きの人ならそんな本棚はたぶん用意してあるはずだ）。その時々により本棚の中身は入れ替えられるが、鈴木尚著『骨は語る　徳川将軍・大名家の人びと』東京大学出版会、なんてのはアカデミックかつマニアックでよしと判定され、撮影本棚における不動の横綱の地位を保っている。撮影予定もなく空しい横綱ですけど。

その一方、写真写りの悪さから早々に処分される本も出てくる。エロ本を隠すという意味ではない。あるでしょ、『マディソン郡の橋』は隠したいとか。つまらん自意識のなせるわざですが。そうして捨てた本の中で「でもあれは……面白かった。捨てるんじゃなかった」とふと思い起こす本がある。

『わが父 君島一郎』とくるといきなり恥ずかしいが、君島立洋さんの本である。君島騒動のドサクサで出版された本で、内容は主に自慢話の羅列であるが「(大学に浪人して)これが本当の君島一浪だ」というのを読んで不覚にも笑ってしまった。たまにたまらなく再読したくなる。こういう本はあっという間に本屋から消えるし文庫になるとも思えん。

『お父さんの石けん箱』田岡由伎著。山口組三代目田岡組長の娘の本。ディスコに行ってチンピラにからまれて、つい組事務所に電話してしまって大ゴトになった話など印象深い。タイトルは、三代目夫人が三代目の石鹼《せっけん》箱を誰にも触らせないぐらい大切にしていた、というところから来てるのだが、なぜそこまで大切なのか書いてなくてナゾが深まった。もういちど読みたいが、どこにもない。

『テムズとともに』は皇太子の著書。皇太子が、映画『ベニスに死す』を見て興奮してしばらく寝つけなかった、というところで私もなぜか興奮してしまった。皇太子がビョルン・アンドレセン見て興奮したのか、教授に興奮したのか。いろいろ考えさせる。

他に田中真紀子の『時の過ぎゆくままに』とか、恥ずかしいがついまた読みたくなる本てのはあるもんだ。ただし田中真紀子は国会議員になったからか『時の……』は文庫化された（それもPHP文庫）。そうなるともう読みたくない。こういう本はひっそりと読み捨てて、あとで「恥ずかしいけどまた読みたい、けど読めない」という本だと思うので。

中古レコードと鳥の嘴

戸川昌士の『猟盤日記』という本がちょっと前に評判になった。戸川さんというオッサンが、中古レコード屋や古本屋でお宝を発見（といってもゼニにもならぬ〝大人のオモチャ屋のため息レコード〟とかだ。しかしこの人はコレクターとして下品なところがぜんぜんない。この本を死んじゃった白洲正子に読ませたかったなあ。きっと喜んだと思う。彼女に喜ばれても戸川さんはべつに嬉《うれ》しがらないだろうが。そういうとこがクールでステキ）するサマを書いた本なんだが、中古レコードや古い怪獣のおもちゃなんかにまったく興味がなくてもこれはものすごく面白く読める本である。「お宝の本」ではなくて「お宝を愛する戸川のオッサンの彷徨《ほうこう》記」だからだ。上質の（なおかつ笑える）旅行記を読んだ気にさせてくれる。

この本が話題になっていくつか書評が載った時、これが『ゴールドワックス』という雑誌に連載されている、ということがほとんどどこにも書いてなかった。音楽雑誌、それもブートレグ（海賊盤）専門誌でマイナーこの上ない雑誌だからか。マイナーな世界の専門誌ってのは、ワケがわからないが熱気にあふれていて面白い。私は本屋で『バーダー』という雑誌を見つけてふらふらと手に取ってしまった。これ、バードウォッチング・マガジンだそうで、私の買った号は「特集・嘴《くちばし》」。で、グラビアはトリのクチバシが何百と並んでいる。トリにもクチバシにも興味はないが、熱気に圧倒される。クチバシの特集を企画する人、それ読んで喜ぶ読者がいるという世界。そしていつしか私もクチバシを愛してしまっていることに気づく。クロツラヘラサギのクチバシ、サイコー！　可愛すぎ！　イスカのハシって、ほんとにくいちがってるのね！

それで『ゴールドワックス』には戸川さんの連載の他、「女ZEPコレクター沼田育美の限りなき戦い第9回」だの「ブリティッシュ・ロック列伝第二十三回　哀愁のユーライア・ヒープ」だの「レコード・あら・カルト第一回あのねのねの巻」だの「地方在住コレクターの生態」だの、一見すると近寄りたくないような世界ながら、読んでみると上質の旅行記を思わせる文章がいっぱい載っていてすごかったのである（今は連載陣がけっこう入れ替わって、濃さが薄れてきたけど）。私は「地方在住コレクターの生態」を書いた森山直明という人（かなりすごいビートルズのマニアらしい）の文章が大好きで、ゴールドワックスから戸川さんに続く第二の単行本として出てくれないもんかと思うんですけど……これだけマニアックだと買う人が限られるか。でもビートルズなんか興味ない私が、そのへんのファンには負けないマニアになりました、あまりの面白さに。

他にも面白いマニア雑誌を物色しているところだ。もう廃刊しちゃったが『今月の寺』って月刊誌はよかった。なぜかラジオライフの三才ブックスから出てたんだけど。

圧倒的に面白い『次郎物語』のこと

二十年近く前に『ヘヴン』という雑誌があって、この雑誌の記事（というかコラム）でいまだに忘れられないのが「松本伊代は男だ」と「下村湖人が、次郎物語の続編でポルノ小説を書いていた」というネタである。「実は男だ」話はその後「菊池桃子は男だ」というのが密《ひそ》かに流布されたが、私としては松本伊代男説のほうが完成度が高いような気がするのである。しばらくは真顔で「伊代ちゃん男なんだって」と言っていたもんだ。それ聞いて納得する人も多かったし。納得してたらいけませんね。松本さんすみません。

そんなことより気になるのは次郎物語のほうだ。

「こんなところでやめないで！続きを読ませて！本」コンテストがあったら私は次郎物語に百票入れる。次郎物語って、そのタイトルがイカニモに地味なのと、中学生の課題図書なんかになってしまう真面目さで、読まないうちから敬遠されてると思うんだが（加藤剛主演の映画も、あの道徳くさいつくりが本を読む気を失《う》せさせたんじゃないか心配だ。映画化されると、文庫の表紙にそのスチールが使われたりするのもイヤだ。あれやられるとガックリきませんか、本好きの皆さん）、読んでみれば巻を措《お》く能《あた》わずの面白さ。まず、次郎物語に出てくる食のシーンが、やたら印象的でうまそうなのである。今思い出すだけでも「無計画の計画」で、やっかいになった老人の家でごちそうになる、いろりの灰で焼いた里芋。真夏の夜の「朝倉先生のお別れ会」で出た鶏《とり》汁。朝倉先生の家で次郎たちが先生と食べた丸芳露《まるぼうろ》と水蜜桃《すいみつとう》。食べたあとに桃の皮がぐじゃぐじゃになっているのだ。朝倉先生の家の畑で食べる寒天のお菓子と麦湯。どれもこれも、なんだかわからないがうまそうなんだよなあ。そうだ、卵の壺焼《つぼや》きというのも出てきた記憶があって、これが正体不明ながらツバキのあふれる食品である。うまいものだけではない。配属将校の家で出たサイダーと羊羹《ようかん》と西瓜《すいか》なんてのがあって、これはいかにも食い合わせが悪そうで、配属将校の感じの悪さが図らずも表現されてるような気がする。

あ、もちろん食べ物のことだけではない。次郎物語って、あれは日本が誇るものすごい大河メロドラマであると思う。母モノであり父モノであり兄弟モノでありいじめモノであり青春モノであり恋愛モノであり政治モノでもある。最後にきて恋愛と政治がからみ合って面白くなりかかったところで終わってしまった。作者のあとがきには続ける気満々みたいなこと書いてあったのに。死んじゃったんだろうか。そりゃないよ。

そこで見た「次郎物語の続編ポルノ小説」。こんなに読みたいものはない。きっとスゴイぞー。食のシーンをあれほど印象的に描く下村湖人だ。エロシーンもぜったいすごいぞ。まあ、きっとデマなんだろうけどさ。私はいつかその問題作がどっかの蔵からでも発見されるのを待っているのであります。

家柄バアさん昔語りモノのベスト5

『白洲正子自伝』（白洲正子）、『徳川慶喜家の子ども部屋』（榊原喜佐子）、『銀のボンボニエール』（秩父宮妃勢津子）、『私の東京物語』（朝吹登水子）、『花々と星々と』（犬養道子）。〝いい家に生まれた少女（今バアさん）の昔語り本〟のベスト5である。『菊と葵《あおい》のものがたり』（高松宮妃喜久子）が出た時、「ベスト5（私が勝手に言ってるだけだが）のどれかが陥落してコレと入れ替えになるか？」と思ったが、読んでみたら「いい家に生まれたということなんかたまたま。家柄なんてなーんとも思ってないのよ」的〝家柄に対する念のいった思い入れ〟が『菊と葵〜』にはイマイチ薄いもんで落選。

森茉莉の『父の帽子』も、いい家に生まれたバアさん昔語りモノではあるが、「私はこんな素晴らしい家に生まれたのよ！」という主張が文面からダイレクトに立ち上がってくるので、やはりランクインならず。家柄バアさん昔語りモノに必須なのは、「自慢話をするのはハシタナイ。でも自慢したい（自分で気づいてない）。だからなんとか人からホメてもらうようにもっていく」という姿勢だ。このへんの味わいが、家柄バアさんモノの醍《だい》醐《ご》味とも言える。森茉莉はその点、自慢全開、自分を堂々とホメる人なので爽快《そうかい》感を感じてしまって、味わいに欠ける。バアさんモノは読むと「ヴォーリズ設計の自宅洋館はこぢんまり？　岩崎家の園遊会だ？　ドイツの病院の食い物がまずいだあ？　戦時中は軽井沢の別荘だと？　ヴェルサイユの別邸？　ケッ！」という気分になるものだが、どういうもんかまた手に取ってしまうのは、上流の人々のやんごとなき執念を感じるからか。白洲正子の自伝なんて相当すごいぜ。やたら「昔話はキライ」と書いてるのもイヤミ。でも読んじゃうんだなあ。

前置きが長くなった。家柄バアさんモノでいい本を見つけたのだ。ベスト5にくらべると家柄は劣る。あちらは財閥だったり政治家だったり華族だったりするが、こちらはそこまでじゃない。お母さんが評論家。その本は『ハイカラ食いしんぼう記』三宅艶子だ。グルメ本のつもりで買ったらぜんぜん違った。いいトコのお嬢さんだった筆者の昔語りの本だった。もちろん出てくる食べ物の話がヨダレが出るほど美味《おい》しそうなんだけど、こんなに「昔の文化家庭をイヤミなく描いた本」ははじめて見た。なんとも上品。このほんわかした上品さは〝家柄バアさん〟の凄《すご》みとは相容《あいい》れないから、やっぱりベスト5には入らないんだけど。入らないほうがいいか。

ところで、この本を読むキッカケというのは、私が三宅という名前の競輪選手のファンで、三宅とつくものを片端から蒐集《しゅうしゅう》（屋号が三宅屋というラーメン屋で食べるとか、自転車のパンクは三宅サイクル店で直すとか）しているうちにひっかかってきたのだ。そうでなきゃこの本の存在など一生知らずに終わっただろう。こんなに面白い本を見つけさせてくれて、三宅さんどうもありがとう。

『チョコレート戦争』と〝春風堂〟

今をときめくマンガ家の町吉祥寺も、三十年前はしょぼいデパートが一軒しかないさびしい町だった。井の頭通りもジャリ道。そんなイナカ町の中で燦然《さんぜん》と輝くケーキ屋が春風《しゅんぷう》堂《どう》であった。大石真の『チョコレート戦争』に「金泉堂」というケーキ屋が出てくる。ガラスのショーケースにチョコレートのお城が飾ってあって、ケーキがすごく美味しい。シュークリームの中にはイチゴが入ってる。小学校の図書の時間なんかにこれを読むとツラかった。

「エクレアはフランス語で稲妻。のろのろ食べているとクリームが溢《あふ》れ出るから、稲妻のように素早く食べなければいけない」なんて書いてあるのを見ながら食べたくて食べたくてヨダレがたれた。でもツライのがわかっててもつい読んじゃうほど美味しそうだったんだよなあ『チョコレート戦争』は。そしてツラさに悶《もだ》えながら「ケーキケーキ、ああ、春風堂食べたい」とつぶやいた。

春風堂はステキな店だった。豪華じゃないがモダンな店構えで、スポンジの上にフルーツゼリーののったケーキなんか忘れられない美味だったのである。レモンのババロアも。そして、包装紙はオレンジに白の花模様、ちりめんみたいな手触りの紙で、これもオシャレ。そこに金色のヒモを結んでくれる。唯一の難点……よそよりちょっと高かった。金泉堂と同じぐらい、晴れの日じゃないと買えなかった。うちでは年に四回ぐらいしか買えなかった。昔はみんな貧乏だった。

そのうちに春風堂はなぜかケーキをやめて自然食のレストランに転向し、やがて店もなくなっちゃって、私ももう春風堂のことなんか忘れ果てていたところ、思わぬところで再会した。高松に引っ越してきたら、町中にやたらあるのだ、春風堂というパンとケーキの店が。「ま、ありがちな名前だしな」と思って気にも留めてなかったのだが、こないだケーキを買っている人を見て驚愕《きようがく》した。オレンジ色に白い梅の花の包み紙で包まれているではないか！　ちりめんじゃなくてテラテラの紙だけど、あれはあの春風堂だ！　吉祥寺の春風堂は、実は高松が本拠地だったのか？　それとも吉祥寺を撤退した春風堂が、高松に上陸して大発展したのか。いつか店の人に聞いてみたいんだけど、店員さんがみんなバイトっぽくてそんなこと聞いてもヘンな顔されるだけだろうという気もするので聞けない。

ところで、竹内まりやの曲に「不思議なピーチパイ」ってのがあるが、どうして気分が桃のパイなのかさっぱりわからない。俵万智の『チョコレート革命』も、チョコレート職人が革命を起こすというような短歌はない。しかし、『チョコレート戦争』は、ほんとにチョコレートをめぐる戦争の話なのでとてもいい。美味しいモノの名前を使うなら、気を引くために使うんじゃなくて、ちゃんとその美味しいモノを語ってほしい。それが美味しいモノに対する礼儀である。

引越段ボールは「土佐文旦」が断然だ！

『優駿』にはイヤになる。宮本輝じゃなくて中央競馬会の雑誌の優駿。あんなに重い雑誌はない。一冊ならたいしたことはない。『家庭画報』みたいな、カドで殴れば熊をも倒すほどの直接的重量はない。しかし冊数まとまった時の重さはものすごいのである。段ボールに三十冊ばかりつめて、持ち上げようとしたら床にへばりついてびくともしない。引越家庭にとってはイヤガラセ以外の何物でもない。重いもの運び馴《な》れてるアート引越センターのお兄さんが「これ何入ってるんすか！」って絶句してたぜ。比重が異様に高いらしい。地方競馬情報誌『ハロン』と競輪専門誌『月刊競輪』は軽いので助かってます。『太陽』と『芸術新潮』も重い。石より重い。捨てずにとっておきたい雑誌だからたまるので、だから悪口ではないが、それにしても重すぎやしないか。年寄りの家とかに不幸をもたらすんじゃないか心配になる重さだ。運ぼうとしてギックリ腰ぐらいならいいが、持ちきれずに落っことしたらそこにお婆《ばあ》さんが寝てた、なんて図は惨事である。サイズや厚さがよく似ている『暮しの手帖』はそこまで重くないのでさすがだなあと感心する。

プラスチックの押し入れ衣裳《いしよう》ケースというのは世紀の発明で、あれのおかげでタンスが一サオもなくてもやっていけるし、引越時もそのまま梱包《こんぽう》不要で運べるのだ。しかし衣類における衣裳ケースのようなものが、本にはいつまでたっても発明されない。しょうがないから昔も今も段ボールにつめるしかない。

洗剤や紙オムツなどの薬局系段ボールは、しっかりしてるけれど大きすぎて、本をつめると重くなって往生する。食品系段ボールでも、キャベツなんかが入ってたやつは湿気を吸ってシナシナになっており、一見よさそうでもいきなり裂けたりするので要注意だ。菓子や飲み物のものは薄くて弱い。ガムテープ貼ってはがすとヘロヘロになる。

ミカン箱がいちばんいいんだ。持ち手の穴があいていて運搬に非常に便利だし、分厚くてしっかりしている。いかにも衝撃に弱そうなモモやブドウの段ボールがけっこうヘナヘナなのに、どうしてミカンばかり立派な箱に入れてもらえるのか（ミカンなんて日本でもっとも軽視される果物だ）。そんなわけで、書籍梱包用ミカン箱をコレクションしている。スーパーや八百屋に放り出してあるミカン箱を見るとガマンができない。四国のゆめタウン高松というスーパーの、ご自由にお持ちください段ボールの中に素晴らしいのがあった。

「土佐文旦《ぶんたん》」の段ボール。白地にレモンイエローと緑で文旦のイラスト、ブルーで〝土佐文旦〞と入っている。頑丈で美しい。その日は荷物が多くて持って帰れず、翌日もらいに行ったらぜんぶなくなっていた。今はもう四国に住んでいない。近所のスーパー丸正に行っても土佐文旦なんか売っていない。一期一会とはこのことだな。愛する本をあの中につめて運んでやりたかったよなあ。

都築響一の文庫本に大ショックだぞ

新刊で出た時気に入って買った本が、その後文庫本で出るとハラたちませんか。最近とみに新刊↓文庫化の時間が短くなってるような気がするのだが。こないだ本屋で巖谷國士の『日本の不思議な宿』が文庫になって積まれているのを見てガックリきた。なんだよー、待っとけば文庫になったのかよー、ぜったいこんな本（巖谷さんすみません）文庫になるわけないと思ってたのにー。ところで、巖谷國士って、ものすごく年寄り（ことによると故人）かと思ってたらそんなことないんですね。巖谷小波と岸田國士と混同してました。坪内祐三（坪内逍遙と佐伯祐三を混同する）と並ぶ年寄り名前ですね。

『日本の不思議な宿』はまだいい。本屋でショックのあまり倒れそうになったのは都築響一の『TOKYO STYLE』の文庫版を発見した時だ。そりゃないよ。なんばの旭屋書店で一時間近く悩みに悩んで、重さ二キロ、値段一万二千円の写真集を買ったというのに、それが文庫で千二百円かよ。「文庫だと写真が小さくてダメ」なんて言われてもなんの慰めにもならん。私は写真が小さくても千二百円がよかった。あとは都築さんの『ROADSIDE JAPAN 珍日本紀行』（逡巡《しゅんじゅん》一日、二・五キロ九千八百円）が文庫化されないことを祈るばかりだ（もしなっても教えないでください）。とにかく、どんな本に限らず安易な文庫化には断固反対するものである。文庫化するなら、十年ぐらいの間をおいて、単行本と同じ値段で発売していただきたい。あまりにセコイ要求か。ま、私も『成りあがり』とか『蒼《あお》い時』は文庫で買ったわけだし。

文庫本でショックを受けたことがもう一つある。

文庫本の装幀《そうてい》ってのは、とかく軽視されがちだ。映画の原作本のカバーがいきなりスチール写真になったりして、写ってる主演男優がキライだったりした場合、手に取る気もなくなるのである。それからコンビニで売ってる雑学モノの文庫なんてのは、悲しいまでにださくてイヤです。だからといって、講談社文芸文庫や幻冬舎文庫みたいにミョーにしゃれた装幀で攻めてこられても違和感を覚える。下品なのもイヤだけれど、アカヌケすぎてもダメなもんで、上品だけどぼんやりしていて適度に間が抜けてる、というあたりが手頃だと思う。その点、もっとも素晴らしいのは中公文庫ではないだろうか。あの背表紙の肌色が渋いったらないよなあ。なかなかハダ色なんて、使えないよなあ。そういえば中公文庫のラインナップって、独特の渋さがあるよなあ。

……と思ってたら、中公文庫の背表紙、色とりどりになっちゃったではないか！　赤だの緑だの青だの。誰も騒いでないみたいだけれど、私は大ショックだ！　ショックが癒えるまで、しばらく中公文庫は買いたくない。そんな人はいないんでしょうかね。中公文庫の背表紙の肌色、カムバーック！

グルメ本のお供にはカールのカレー味

ダイエット中なもんで、四六時中食べ物のことばかり考えている。目をつぶれば食べ物が浮かぶ。そういう時浮かぶのは、「食べ物の映像」や「食べ物の味や匂い」じゃなくて「食べ物について書かれた文章」である。それを読んでる時に「う、うまそう」とヨダレが流れるような「美味《おい》しい文章」じゃなくて、「なんだこりゃ。どういう味してんだ?」と思いながら読んでた文章がうわーっと浮かんでくるのである。これはどういうもんなんでしょうか。

『古塔のミス・ビアンカ』に出てきた「メレンゲ」。これは小学校の時に図書室で読んで頭にこびりついた。三十年前の日本でメレンゲなんてものは知られておらず、その本にも注釈がついていた。曰《いわ》く「玉子の白身に砂糖を混ぜて焼いたもの」。こう書かれたら、砂糖味の目玉焼きの目玉ヌキ、と思うしかない。すごくまずそうだ。けれどなぜか空腹時に思い出す食べ物の筆頭です。ところで『古塔のミス・ビアンカ』って、まだ小学校図書館スターの座にあるのでしょうか？

『あしながおじさん』にやたら登場するのが「とうもろこしのおかゆ」。ひどい食事として出てくるんだが、米のおかゆよりはマシなんじゃないの。でもうまくもなさそうだ。実態はどういうものなのか、いまだにわかりません。でも空腹時やたら食べたくなる「とうもろこしのおかゆ」。コーンバターのようなものを想像してるのかもしれない。

外国モノばかりではない。井上靖の『しろばんば』に出てくる、おぬい婆《ばあ》さんのつくったライスカレー。「人参や大根や馬鈴薯《ばれいしよ》を賽《さい》の目に刻んで（略）、牛缶の肉を少量入れて煮たものだが、独特の味があった」この牛缶って牛肉の大和煮だよな。そこにプラス大根。相当とんでもないカレーである。でもこれが頭に浮かぶともう矢もタテもたまりません。胃液と唾液《だえき》がわんわん湧いて出てくる。

逆に、というか同様にというか、「ヨダレが出るほど旨《うま》そうな本」を読んでる時、ヨダレが出るほど旨そうな食べ物を食べたくなるかというとそうではなく、そういう時にぜったい食べたくなるものは決まっている。「明治カールのカレー味」だ！　グルメ本のお供にはカールのカレー味が最高、……って私だけなんでしょうか、石井好子の料理エッセイとか、『暮しの手帖別冊　ご馳走の手帖』（年に一回出る。これぐらい好きな本はない）とか、こういうものを読む時に口中にカールのカレー味があると、どういうわけか本の中の美味がさらに増すのである。ここに三ツ矢サイダーを加えたらさらに幸せである。でも最近カールってカレー味はマイナーになっちゃって、チーズやうす味があってもカレーがないことが多い。しょうがないから「亀田のカレーせん」で間に合わせているのだ。

そんなわけで、うちにある食べ物関係の本は、頁のふちが黄色いカレー色だ。とっても美味しそうな色です。

図書室で読んだSF

ＳＦ小説が楽しめない。宇宙が出てきたりするともうダメ。宇宙は怖い。宇宙って一日中夜のような気がする。おまけに空気もない。暗くて空気がないなんて考えただけで息がつまる。しかし宇宙の怖さをしんしんと味わわせてくれるＳＦ小説になかなか突き当たらない。記憶に残るいちばん古いＳＦ小説というのが、小学校の学級文庫にあった「少年少女ＳＦシリーズ」みたいなやつで、いわゆるスペースオペラ。主人公の男が宇宙船の翼（?・）にすわって電気ギター（?・）をかき鳴らす、というシーンが頭にこびりついている。宇宙は暗いのに、どうしてこう地上と同じようなことやってるのかが不満であった。宇宙戦士がふとむなしくなって電気ギターかき鳴らすというセンスはいかにも演歌的日本的だが、どうも作者は外国人だったような……。

そのすぐあと、私は小学校の図書室で、ＳＦのつもりじゃなくＳＦ小説を読んだ。舞台は現代日本。ロケットもレーザーガンも宇宙も出てこない。タイトルは『犬の学校』。ジャピロという名前の犬を飼いはじめた少年が、人の勧めでジャピロ（この名前が妙にスペイシー）を「犬の学校」に入れることにするんだけど、しばらくして少年が見学に行ってみたその学校が何かヘンなのだ。犬が人間のように喋《しゃべ》ったり何か書いたりしている。キョーガクして写真を撮って、帰ってきて現像してみると、自分がジャピロを撫《な》でていたり、ふつうの犬らしい訓練をする犬たちが写っているだけで、少年が撮ったはずのものは一つも写っていない。いくらオトナに訴えても取り合ってもらえない。ただ一人、少年の叔母さん（確かお母さんの妹）が話を聞いてくれて、一緒にその犬の学校を調べてくれるという。そして二人でこっそり学校に忍び込むと、犬が出てきて「ここの秘密を知った者は帰すわけにはいかない」。そう、この学校は犬が人間を支配するべく設立された学校だったのだ。……というあたりは実はウロ憶《おぼ》えだ。そのあとの展開がショッキングすぎて。秘密を知った叔母さんと少年は、殺されるのでなく宇宙空間に飛ばされてしまう。真っ暗な宇宙に浮かびながら、小さく見える地球に向かって「おとうさーんおかあさーん」と叫ぶ少年。「ムダよ、おやめなさい」と言う叔母さん。『犬の学校』はぷつんとここで終わるのだ。私の考える「宇宙の息づまるような怖さ」を極限まで味わわせてくれる小説だ。それ以降SFはあまり読む気がしない。犬の学校があんまりショックで、もっとショッキングなS

Fがあったりすると「あの時のショックは何だったの！」と悲しくなるから……という微妙な気持ちをわかってもらえますでしょうか。

この『犬の学校』は、シリーズもののうちの一冊で、他の話も砂が増えていって埋もれる話とか、自転車が天にさらわれる話とか、オチも救いもない話のオンパレードだった。

あれはどういうコンセプトで出たんだろう。

ももにまつわるエトセトラ

前から気になっていたことがあったのだ。それは「いいだもも」の存在だ。この人は左翼思想家なのか左翼運動家なのか、とにかく昔から今に至るまで一貫して堅い方面の書籍で活躍している人だ。鈴木邦男の『がんばれ!! 新左翼 Part2』でも、がんばってほしいと励まされてたし。

ならば何なのだ、その「もも」って名前は。女に間違えられる作家の筆頭は山口瞳であると読書界では認定されているが、私はいいだもものほうがずっとショック大きかったけどなあ。一字違えばあいだももだ。ももって何なんだろう。桃か百《もも》か。腿《もも》ではないだろう。私がいいだももの名前を知ったのはたぶん高校生の時に赤瀬川原平の本に出てきたのを見た時だと思うけど、名前だけで女性童話作家かなんかだと思い込んでました。やはり運動家の方なので、「もも」には中国のことわざか何かの深い意味があるのだろうか。ふつうつけないよ、男の人がももとは。

ももといえば『ちいさいモモちゃん』である。この本には苦い思い出がある。小学校の学級文庫に『ちいさいモモちゃん』と『モモちゃんとプー』が入った。モモちゃんシリーズってのは表紙からしてよくできていて、ふだん本なんか読む気もない子供にも強くアピールするものがあり、私もすごく読んでみたかった。とくに、その頃ネコを飼いたくてしょうがなかったので『プー』の表紙を見た瞬間から「これ借りる」と思いつめた。

しかし今でものろまだがその頃はもっとのろまだったんで、『モモちゃん』も『プー』も取られてしまった。しょうがないから何か代替品を探さなければならない。そこで手に取ったのが『ももいろのきりん』。モモちゃんに敗れたのでももいろで妥協したのだ。

しかしこの『ももいろのきりん』、とにかく頁の中に桃色が多い。お話自体もごくごくふつうの童話っぽい話なのに、何か目眩《めまい》を起こさせるような不思議な雰囲気があった。考えてみればピンクのキリンなんてサイケデリックの極みである。読んでるうちに気持ち悪くなってきて家に帰ってからげーげー吐いてしまった。いまだに思い出せるよ、その桃色の頁を眺めている時に徐々に襲ってきた気持ち悪さ。なんかこめかみのあたりがじわーとしびれてきて、くらくらと目がまわってきて、ああ目をつぶればあの桃色とともに思い出す。うー気持ちわりい。

それから十年ぐらいたって、図書館の子供室で『ももいろのきりん』を見つけて、また気分悪くなったらやだなと思いつつ読んでみたら、あら、気持ち悪くならない。私を嘔吐《おうと》に追い込んだあの桃色が、記憶にあるすごい桃色じゃなくて、ほんわかしたキレイな桃色だ。これは苦情が殺到して色味を変えた結果なのか？　それともあの時の私が体調悪いだけだったのか。今に至るまでのナゾである。ところで私はいまだに『モモちゃん』も『プー』も読んでません。いいだもも。

いまだに解けないバアさん激怒の謎

イナカに住んでて何がイヤだって、本や雑誌の発売日が遅れるのがイヤ。「今こうしている間にももう新しい『噂の眞相』（皆さんのお好きな雑誌名を入れてください）を読んでる人がいる」と身を切られるような思いをする。京都大阪神戸は遅れない。大都会だし、当然である。播州赤穂《ばんしゅうあこう》でも遅れないらしい。えらいじゃないか。播州赤穂っていったら言っちゃ悪いが相当なイナカで、神戸よりも岡山に近いぐらいのとこである。しかし播州赤穂が遅れないのに、なぜか大都市岡山は一日遅れになるのである。岡山に住んでた友達は、バイクで播州赤穂の本屋まで雑誌を買いに行ってたそうだ。和歌山は一日遅れ。高松に至っては二日も遅れる。以前この問題に関して某誌で調査結果が載ってたが、全国でどこがどのぐらい遅れるのかという結果が主で、イナカ住まいの者がいちばん知りたい「なぜ遅れる！　岡山と播州赤穂の差は何だ！」という理由の解明になってなかった。いや、そりや、物流の問題なんだってことぐらいはわかるよ。本屋の開店前に到着してないといけないとなると、おのずと一日で配送できる地域も限られよう。でも、高松で月曜朝の八時には週刊競馬ブックが発売になり、東京競馬場のある府中のコンビニには月曜日の正午頃じゃないと週刊競馬ブックが入らないとか、高松では発売日に売場に並ぶ宝塚グラフが、大阪の堺では三日遅れになるとかいう問題に直面すると「物流、何か狂ってないか!」と叫びたくなるのである。

で、あるイナカに住んでいた時のことである。ある書店を私はひいきにしていた。なぜならそこは週刊朝日がよそより一日早く出る店だったのだ。週刊朝日は発売日が不思議である。朝日新聞販売店で定期購読しても書店売りより遅く届くことがあったり、その書店のようにイナカでも早かったりする。とにかくよそより早く読めるのが嬉《うれ》しくて、そこでいつも買っていた。で、ある日そこの店番のバアさんに「ここは週刊朝日が早く出るからいいですね。いつもここで買います」と言ってみた。とにかく感謝したかったのだ。

するとバアさんはいきなり目をツリあげ、口角に泡をため、「何おっしゃいます! 雑誌の発売というのはですね! 市内どこでも平等に! なってます! どうしてうちが! そこの○○書店さんに! 聞いてみなさい! 平等です!」と叫びだし、「いやだからそちらが遅いというんではなく早いと」「何おっしゃいます! なぜうちが!」とレジで大騒ぎになってしまったのだった。いまだに私はなんでバアさんがあんなに怒りだしたのかワケわからないのである。何か週刊朝日の発売日に関して、書店の中で重大な問題とかが勃発《ぼっぱつ》しているのか？　いいけどその店にその後行きづらくなって、週刊朝日もイナカ時間の遅れ発売日でガマンするはめになったのはツラかった。そのイナカとももう遠く離れたが、バアさん元気かなあ。

読んで美味しい

七十二キロから五十六キロまで、シケにあった釣り船みたいに激しく揺れ動いている私の体重である。

こんな具合だと、「二キロ太っちゃったの〜」とか「三キロ太ったどうしよう〜」とか言ってんの聞くとハラがたってしょうがない。いったい、何ヵ月かけて三キロ増やしたんだ？

私なんか十年ぐらい前、つまり二十代の半ば、つまり成長期でもなんでもない時期に、夜の十一時頃、お腹がすいて鍋《なべ》に残ってたカレーのルウだけ皿に一杯食べて、翌朝体重を量ったら三キロ増えてたんだぞ。夜が明けたら三キロ。まあこの時は私の太りの能力を最大限に発揮したわけで、そんな芸当はなかなかできない。が、一ヵ月に十キロ太るなんて軽いんだ。そんなんだから、五キロぐらい増えたってな〜んとも思やしねえ。誤差の範囲である。でも五キロ減ると嬉《うれ》しい。

今日、コメが切れたので五キロ買ってきたが、五キロでもとんでもなく重い。指に食い込む。このコメ袋を二つ分、太ったり痩《や》せたりしてるとしたら私もすげえもんだと感心した。三ヵ月で十キロの増減なんてのはふつうだからな。競馬だってプラス十キロとかいったら「太め残り」なんて言われるんだ。馬の体重はこっちの十倍だというのに。

なんでこうまで体重増減が激しいかといえば、それは食べ物が好きだからに決まっている。食べるのが好きだから料理も好き。何をつくってもうまい。誰も信じちゃくれない。べつにいいよ。私はつくったものはぜんぶ自分で食べたいから、そっちのほうが都合がいいよ。

そのような人間にとって、食べ物本というのが読書の中で大きな位置を占めることは当然である。

美味《おい》しいものをつくる或《あ》いは食べに行くためにも、ダイエット期間の空腹に耐えるためにも、食べ物本は必須だ。ダイエット期間にうまいものを本なんかで見たらツライのではないかとお考えの方もいらっしゃるだろう。しかし私の場合においてはそうではない。気が紛れる。というか、十キロダイエットに成功したら、そのあとにはまた十キロ増えることができる、という考えがあり（何かが間違っているような気がするが）、「その時コレをたらふく食うぞ！」と固い決意をする、それを励みにダイエットする、という効用がある。

本屋で見つけると「出たっ！」と叫んでしまうぐらい好きなのが、『暮しの手帖別冊ご馳走《ちそう》の手帖《てちよう》』だ。昔から、『暮しの手帖』の料理頁（レシピじゃなくて、料理を紹介する頁）が好きだったので、そういう頁だけをまとめたような本が年に一回出るようになって、夢のようである。

暮しの手帖で、パリとかニューヨークとか、外国関係を一手に引き受けて書いている増井和子という人がいて、どうもけっこうなオバサンみたいなのだが（増井さんはぜったい写真に撮られない。写ってない。いつか写ってるのが一枚あったが、顔面がきっちり隠れていた。見えたのは、黒ぶちの古風なメガネと、ひっつめた黒い髪の毛。海外のキャリアウーマン風ではぜんぜんないんだ。昔の女教師みたい）、文章がオシャレなのだ。もうそのオシャレぶりは、お尻《しり》がかゆくなるぎりぎりぐらいの研ぎ澄まされたオシャレ。そういうオシャレなコトバで、アメリカのステーキやパリのレストランやハワイのタロ芋や南部のナマズやニューヨークの朝食なんかのことを書くわけだ。暮しの手帖で。けっこうすごい存在だと思うのに、この人ってほとんど話題にならない（ように思う）んだけど、なぜだろう。日本でいちばんオシャレな文章書く人だと思うが。暮しの手帖にばっかり書いてるので、商品テストみたいな文章だと思われてるのか。フランスの料理やファッションをいち早く紹介することにおいて、「フィガロとか流行通信なんかのライター（在パリ）」なんかメじゃない人なのに。

とにかく。増井さんの料理文章を読んでると、あまりのオシャレさに味がよく想像できない。スタイリッシュすぎて。おまけにパリだのニューオリンズだの言われたって、行けやしないし。じゃあつまらないかというとそんなことはなくて、食い入るように読んでしまう。「アイオリとタラを囲んで」という記事に出てきたタラなんか、夢に出てきたぐらいだ。ただし、うまそうだとはべつに思わなかったんだよなあ。ゆでたタラの筒切り（皮は銀色）だもん。ただ出てきて「うわ、あのタラだ」と思っただけ。インパクトはあったってことか。不思議だ。とにかく『ご馳走の手帖』と増井和子は、目を離せない。もちろん他の記事もいいです。吉兆《きっちょう》の料理ってのが「冷《ひ》や奴《やっこ》にウニ入れる」「豆ごはんにビフテキのせる」「刺身にキャビアのっける」「カボチャにフォアグラ入れる」なんていう、けっこうカネにあかせてやりたい放題やってる料理だってのもわかって、よかった。

本屋の店頭で、迷いに迷ってついに買ったのが『日本料理の甘味・デザート』である。ハードカバーの美装本。四千四百円もするんだ。

これはタイトル通りの、日本料理屋で出すデザートの本なわけだ。いちおうレシピも書いてあるが、それはまあつけ足しみたいなもんで、宮内庁御用達萬屋調理師会理事長の遠藤さんと、平成四年京都府優秀技能者「京の名工」受賞の丸田さんというお二人（ぜんぜん知らない）が考案した日本料理のデザートを展示してあるといった趣の本だ。

これがまた、なんとも、……味が想像つかない。純粋に、思いもよらないものがドンドコ出てくる。「瑞石（チョコレートゼリー）」「水無月（梅酒ゼリー）」はわかる。しかし「祥雪（大根砂糖漬け）」「粋石（蒟蒻《こんにゃく》甘露煮ココアまぶし）」「吉野櫻（苺《いちご》バター）」とくると想像を絶する。薄切り大根が乾いたようなのや、ココアをまぶしたちぎりこんにゃくや、レーズンバターの干しぶどうが苺にかわったモノが、いかにも高価な器に、美しく盛られているのを、美しく撮った写真がついているのだが……ぜったいマズイだろうと思う。でもすごく食べてみたい。おそるおそるつまんで、唇だけ突き出してちびっと口に入れてみたい。ぜったいマズイのにすごく食べたい、なんて食べ物はそうはない。それを豪華本の美しい写真で、いつでも見られる（ついでにつくり方も知ることができる）のは幸福ではないか。

なお、見るからにうまそうなデザートもちゃんと紹介されています。「アラスカ（マスカットかき氷）」「遠い国の伝説（チェリモヤヨーグルトシャーベット）」「鯉幟《こいのぼり》（パパイヤ黄身クリーム掛け)」なんてのはうまそう。遠藤さんが「マズそうだが食べてみたい」なデザートを、丸田さんが「単純にウマそう」なデザートを担当してる感じで、このお二人の嗜好《しこう》の差が興味ぶかい。遠藤さんは「いたどり甘露漬け」なんてのも発表している。いたどりって、すかんぽだって。すかんぽ。雑草のたぐいではないのか。これは積極的に食べたくない。

三宅艶子の本は『ハイカラ食いしんぼう記』しか知らない。

最初、三宅艶子って、オロナインのCMやってたお婆《ばあ》さんだと思い込んでいて、この本も「老女優が味わった日本の美味」みたいな本だと思っていたら、オロナインのお婆さんは浪花千栄子で、三宅なんて名前とはまったく関係ない。何を勘違いしたんだろうと考えてみたら、オロナミンCの大昔のCMに、三宅邦子(?)っていう女優(?)が出ていたのを思い出した。とにかく、本屋で見つけて手を伸ばすまで、三宅艶子なんて知らなかった。

世の中には〝老大作家によるグルメ本〟という一分野が確立している。そういうのは手当たり次第読んでるが、たいがい感じ悪い。吉田健一にしても小島政二郎にしても獅子文六にしても、いちばんすごいのが池波正太郎だが、「ワシは大作家だ」という自信があるうえに老人だからガンコなもんで、読んでるとなんか叱られてるような気分になる。気むずかしい江戸前寿司のカウンターに座ってハゲ頭の職人にあれこれ食い方を指図されるようないたたまれなさだ。「まず、美味とは」なんてとこから説教される。軽妙洒脱《しゃだつ》な口調できて油断してるとガツンとやられる。食べ物のこと書くなら、「ああうまい。うれしいなあ」って文章のほうがいいと思うのだが、老大作家は聞く耳持たない。

三宅艶子も老人だ。老女の語りもたいがいガンコでイヤミったらしかったりするが、三宅艶子はそうではない。全編「ああおいしくてうれしいわ」「あらへんな味いやだわ」だ。老婆くさいところがぜんぜんない。文章があまりにも若いので若い人かと思って著者近影を見るとやはり若い。しかし、関東大震災の話とか出てくるところを見ると老人だろう。

　とにかく、うまそうな本である。

大正昭和の風俗とか文壇とか、読みどころはいっぱいあるんだろうが、私には「うまいもの紹介の本」としか読めない。

　もうなくなった店のことがいっぱい出てくる。燕楽軒、カフェー・オザワ、東海道線の特急の食堂車、USキッチン、富士アイス、BR（ブランシュ・エ・ルージュ）、A1（エーワン）。資生堂とか万平ホテルとか帝国ホテルとか、まだある店も出てくるけれど、だんぜん「もうなくなった店の食べ物」のほうが美味《うま》そうなのだ。富士アイスで、「薄く切ったスポンジケーキの間に、苺が適当に切って並べられ、牛乳がかかっている。その上に上質のホイップドクリームがちらちらとのっている」苺のショートケーキが食べたい。USキッチンの「マッシュルームのバタいための、これも茶色のソースのかかったもの」も食べたい。

私はマッシュルームが大好物なのだが、食べ物本でマッシュルームについて書かれているのがめったになく、たまに出てきても所詮《しょせん》キノコだろ的な軽視をされており、読んでうまそうだと思えない書かれ方で哀しく諦《あきら》めていたので、このUSキッチンのマッシュルーム料理を見た時はコレだと思った。そこでさっそくつくってみた。マッシュルームを買ってきて、バターで炒《いた》めて（関係ないが、暮しの手帖とか、三宅艶子はバターのことをバタと書く。それがすごくうまそうなのだが、自分ではやっぱりバターと書いてしまう）、茶色のソースがどういうものなのかわからないから、そのためにビーフシチューをつくってかけてみた。これが不思議なぐらいうまくなかった。どう考えたってうまいはずの料理なのに、ダメなのが不思議だ。

『ハイカラ食いしんぼう記』には、「おっ、これ、つくってみよう」と思うような料理がいっぱいあって、酢と卵黄入りホワイトソースをかけたボイルドフィッシュとか、「南瓜《カボチャ》をお鍋《なべ》のようにくりぬいた中に、肉や野菜がスープ煮のようにはいっているもの」とか、つくってみたけどことごとくうまくない。まずい皿を前にしてがっかりするが、『ハイカラ食いしんぼう記』を読むとやっぱりうまそうだ。「読んで美味《おい》しい本」なのである。

伊藤比呂美の料理はつくるとうまい。『良いおっぱい悪いおっぱい』から続くエッセイをずっと読んでいて、心に残るのはもっぱら、たまにちらちらと出てくる「伊藤比呂美ががさつにつくる料理」。グルメ本として読んでいた。料理はそれほどうまそうでもない。というか、メルシャンワインのオマケでもらった趣味の悪い絵皿に鍋をかたむけてべちゃちゃちゃっと盛りつけたような、もうちょっとどうにかしろよと思いつつ、さっき買ってきた週刊文春を読みながらむさぼり食う、そういう感じの料理である。ポーランド風のレバー料理というのが目についた。牛乳につけて血抜きしたとりレバーに粉をまぶして、油でじっくり焼く。味付けは塩だけ。というやつで、つくってみるとこれがうまいうまい。これをオヤツがわりに一週間食べ続けたところ五キロ太った。とりレバーのソースづけ、というのもある。これは自分で工夫して、鍋にウスターソースと月桂樹の葉っぱを入れて沸騰させたところで生レバーを投入して火を止める。ふたをしてそのままほっておくと、絶妙のかげんで火が通ってあんきもみたいになる。でもたいがい失敗してぱさぱさの「よくあるレバー」になっちゃったが。それでも美味しく食べて三キロ増量した。

伊藤比呂美をグルメ本の著者として見ていた人は他にもいたようで、『なにたべた？』という本が出た。伊藤比呂美と、友達の枝元なほみがファックスでやりとりしながら、文字通り何を食べたかどういうふうにつくったかというのを申し述べ合う、という食べ物交換日記である。むろん伊藤比呂美のことだからそれだけではない、いつもの伊藤比呂美っぷりは充分発揮しているのだが、とにかく料理が中心になっている本。「しょうがとにんにくとねぎをいためてズッキーニと赤ピーマン緑ピーマンとレーズンをいれてチキンスープいれてその中にクスクス入れて、またたくさんの生の刻んだねぎをほうりこんだやつ」「鶏モモをカルダモンとかシナモンとか玉ねぎしょうがが、ありあわせにつけておいたやつ」ぐちゃぐちゃみたいな料理だけど、ちょっとつくってみようかという気になり、そのままテキトーにつくると、これがうまい。

最後に、恐るべき本を紹介する。

久住昌之原作谷口ジロー作画『孤独のグルメ』。マンガだ。

酒が飲めない男・井之頭五郎が一人メシを食う、という単純なマンガだ。食ったモノは以下の通り。ぶた肉いため、とん汁、ナスのおしんこ。廻転《かいてん》寿司のマグロ、イカ、エビ、ネギトロ、アナゴ、イワシ、大トロ、ウニ、アワビ。豆かん。生ゆば刺し、きも吸いつきうな丼、いくらどぶ漬け、岩のり。焼きまんじゅうアン入り、アンなし。シュウマイ、白ごはん。たこ焼き。焼き肉、上ロース、上カルビ。サンチュ。チャプチェ。さざえの壺焼《つぼや》き、江ノ島丼セット。おまかせ定食、イワシと大根のカレー。メロン味のチェリオ、おでん、カレー丼。ハンバーグランチ。ウィンナーカレー。ビフテキ。コンビニパックのうずらと牛肉の中華風、キンピラゴボウ、コンビーフ、野菜の煮物、カップナメコ汁、タマゴ焼き、魚肉ソーセージ、焼きプリン、おしんこ、おでん。月見おろしうどん。特製カツサンド。大盛り焼きそば、餃子《ギョウザ》。と、こう書いて、井之頭五郎の食い物の好みがわかっていただけるだろうか。私はぱらぱらとめくったとたん、じゅわっと、脳内麻薬じゃない、脳内にダシ汁がみちあふれたような気がした。「ああ、この、いかにも体の悪くなりそうな、アブラ身としょうゆとさとうと味の素とコレステロールが渾然《こんぜん》一体となったようなこの旨《うま》みの……」

中島らもが『ジャイアント台風』を十一回読んだと書いていたが、私は『孤独のグルメ』は五十回は読んでいる。

で、何が恐ろしいのかというと、このマンガは、

「読むだけで太る」

のである。

ダイエット中、夜の空腹のつれづれにこれを読んでいたら、一晩で一キロ増えた。

「まさかね」

と翌日も読んでみたところ、また一キロ増えた。

このまま続けたらたいへんなことになる、とそこでやめて、しばらく寝かせておいてからふたたび読んだら、きっちりまた増えた。

読むのが昼間だと、いろいろと取り紛れて体重増にはつながらないようだが、夜中の一時半ぐらいに、何かの仕事でもしながら読むとてきめんに、太れる。いろんな食べ物本を読んでいるが、他には太れる本なんかない。すごいぞこれは。

主婦の旅ぐらし

台風とあんどんの旅

小倉《こくら》には夏行くべきか、冬行くべきか、という問題がある。九州の小倉。夏なら小倉祇園《ぎおん》太鼓がある。冬はフグがある。

フグとカニというのは、「なんでそんなにモテはやされるのかわからん高い食べ物」の東西両横綱を張ってると思うが（本当にうまい高い食べ物の東西両横綱はエビとウニですよね）、小倉のフグはなかなかうまいということがわかった。というか、フグは小倉じゃないとダメだ。

競輪祭というのが冬の小倉競輪場で開催される。この競輪場が最近できたドーム競輪場で、夢のようにキレイだ。

競輪は、競馬や競艇と違って、はじめのうち一列棒状になって静かに何周か回ってるという競技である。「勝負開始のカネ」が鳴ると、いきなり激しく入り乱れる自転車の肉弾戦になるのだが、それまでは、たまに聞こえるオヤジのヤジ以外は、ただ自転車が進む「シャー……」という音しかしない。そして選手が足に油を塗っているので、シャーが遠ざかるとふわーっとその油の匂い、甘くて香ばしい、うっとりするような匂いが遅れてやってくる。それで陶然となったりしているのだが、ふと我にかえると「自転車でシャーって……不思議なことやってんなあ」と思う。競輪というのは相当変わった競技だと思う。いっぺんその味を知ったらやめられないのが競輪だ、と言うが、私が味わっているのは正しい味わい方じゃないかもしれないけれど、確かにやめられなくなった。

そんな競輪を、素晴らしく美しいドームの中で見る。シャーの音も微妙に反響するし、油の匂いもより香ばしい気がする。「これは近未来の風景だ」と思った。今考えてみるとどんな小説にも映画にもそんな近未来の風景なんてのは出てこなかったが、それでも「近未来だ……」と思ってしまった。どうも「快適だけれど、そこにずっといてはいけない、いるとずるずると限りなくだらしなく腐っていってしまうであろうような場所」に行くと「近未来だあ」と思うらしい、私の場合。他には、大きな銭湯の湯船なんかもそう思う。金髪のパンチパーマのおばちゃんが湯気の中をうろうろ歩いている近未来。

とにかく競輪祭を小倉競輪場で一日見て、なんだか頭がぼーっとなった。そして一歩外に出るとそこは冬の小倉である。びゅうびゅう寒風が吹く裏道を歩いて繁華街までたどり着くと、至るところ「ふぐ」「ふぐ」「ふぐ」のノボリがはためいていて、見ると値段もそんな高くないのだ。その中で安い店を選んで入ると、ほとんど居酒屋みたいな店で、てっちりの鍋《なべ》もアルミのぼこぼこ。フグも駄菓子屋の紙石鹸《せっけん》みたいな大きさ薄さで、たまに「おっ、でかいフグが」と思うとハクサイの芯《しん》だったりして、まあその程度のフグである。

それがうまいんだ。

近未来競輪を一日堪能《たんのう》して、ぼうっとなった頭を外気で一気に冷やす。鉄だって熱していきなり水につけたらもろくなるという。脳味噌《みそ》だって同様である。カスカスの高野豆腐みたいになる。そこに、居酒屋の安フグの味がしみたダシがじゅんじゅんと吸い込まれていくようで、また「ぽおーっ」となる。こういう安フグ屋だと、座敷の上であぐらかいて寝っころがってもいいような雰囲気なもんだから、じっさい満腹の腹をかかえてころがってみると……気が遠くなるようないいキモチです。

やっぱり小倉は冬だよな、フグあるしな、とそこで考えるんだけど、でもちょっと待てよ。これは「小倉競輪祭あっての小倉フグ」であって、一般性がないんじゃないか。これを読んで、うまいフグを食べるために競輪祭に行ってくれる人が現れたらそれはそれで歓迎すべきことですが、やっぱりちょっと違うかもしれない。

なら夏はどうだろう。

夏は小倉競馬を見に行くために、小倉に行く。中央競馬の夏のローカル開催を北海道でやるのはわかるとして、新潟と小倉、日本の中でもよりぬきに暑いところをわざわざ選んでやるのはどういうわけだ。いやがらせか。

小倉は、今はもう新しいガラス張り冷暖房完備のスタンドが完成した。それまでは特観席すらオープンエアー、夏はオープンエアーの素晴らしい競馬場で、レースが進むにつれて大屋根にさえぎられていた夏の日射しがじりじりじりじりと近寄ってくるのである。小倉の日差しをうちでは「あいつ」と呼んでいる。その近寄ってくるサマが、いやらしいヒトみたいだからだ。あいつはジカに浴びなくても熱い。自分はまだ日陰にいる、あいつはまだ一メートルも先にいる、であっても手足のヒフがじりじりと焼け焦げていくのがわかる。なんちゅう暑さだ。暑さにひっくりかえっている向こうで、馬が勝ったり負けたりしている。こういうのは近未来じゃなくて何だ……超現実か。

レースが終わって小倉の街に出ると、お祭りで、アーケード中をたくさんの山車《だし》が回っている。暑さに酔ったようになりながら、キラビヤカでニギヤカなそれを見ているのはいい気分だ。商店街の山車の中に地元企業の山車も混ざっていて、そういうのは山車の上に社名を書いたチョウチンが掲げてある。「非破壊酸素（非破壊酵素だったかも）」という社名があった。ものすごい。そういやヒハカイマグナという馬がいたが、この会社の社長の持ち馬だったのかもしれない。馬に非破壊はマズイんじゃないかと思うが、よく大事な子に捨吉とかつけるという、一種のゲンかつぎのようなものだと思っていた。でも単に社名をそのまま つけたんだったらつまらぬ結末だったな。競馬を見に行く夏の小倉はいい。

しかし、夏の小倉でいちばん印象的なことがあったのは、競馬場とは関係ない日のことであった。

大阪から夜行バスで小倉まで行く途中、朝方、壇ノ浦《だんのうら》のサービスエリアで休憩がある。夏だからおおかた明るくなっているのだが、その日は薄暗く、なまあったかい風がひゅうひゅう吹いていた。

台風が来てたのだ。

壇ノ浦というのは、実に「合戦にふさわしい地形」である。田舎の海岸とかで、「いかにもここは原発のあのぶっとい煙突みたいのがあるのにふさわしい」と思わせられる場所があるが（そしてだいたいそういう場所は原発の計画が勃発《ぼっぱつ》してるのだ。電力会社は風景で選んでるんじゃないか建設場所を）、壇ノ浦は「いかにもサムライが弓を射たり舟の上で斬《き》り合いしたり、鎧《よろい》カブトで扇に和歌かなんか書いたりするのにふさわしい」場所である。

晴天で風もない日でも合戦気分が盛り上がる壇ノ浦が、その日は空に重いネズミ色の雲がごうごうと渦巻き、海は白波をあげて荒れまくっている。なんだかわからないが「耳無し芳一《ほういち》」というコトバを思い出してしまうような景色だった（あれ以来あんな壇ノ浦はいっぺんも見ていない）。

そしてまたバスに乗って、小倉についたら本格的な暴風雨で、テレホンサービスを聞くと競馬は中止だという。夏、土曜日曜の朝、夜行バスを小倉で降りる客で、風体が薄汚れていて、紙袋に着替えなんかつめこんでるのを大事そうに抱え、顔も薄汚れてるんだけどどことなくお人好《ひとよ》しそうな人、というのはまず間違いなく小倉競馬に行く客であって、その日もたくさんのそういう人が小倉で降りてモノレールの駅に向かって歩いていこうとしていた。「今日は中止らしいですよ」と教えてあげると、ある人は肩を落として弱々しく笑いながら引き返し、ある人は「でも行ってみたらやってっかもしんないから」とモノレールに乗り込んでいった。行ってみたらやってるかも、という考え方は実になんとも、ギャンブラー（それもよく負けてる人）に独特なものであるなあと、私はちょっとばかり感動した。

で、私も小倉で一日、やることもなく放り出されるハメになった。昼間は確か、博多までふだんなら三十分ぐらいの鉄路を、強風のための徐行運転で二時間以上かけて行って、開いている映画館で映画を見てヒマをつぶした。『バットマン・リターンズ』であった。

夕方にはもうすっかり晴れ上がって、小倉に帰ってきたらアーケードの奥の奥の飲み屋のひさしにまで、吹き飛ばされた木の葉っぱが張りついているのがワイルドな感じ。台風一過の盛り場というのはみょうにウキウキしていて、人はあんまりいないんだけど、どこかわさわさ落ち着かない雰囲気で、旅人のこっちも浮き足だったりしてしまうのである。

行きつけの「武蔵」という居酒屋（とっても安い）で晩ごはんを食べ、宿で食べるためのケーキを探してアーケードを方向もわからず歩きまわっていたら、ふっと、心を惹《ひ》かれるものが目に飛び込んできたのである。

私は子供の頃からあんどん……というのだろうか、よく田舎町の雀荘《ジャンそう》なんかの前に、「雀荘ロン」とか書いた、中に蛍光灯が入っていて、足のついた看板……じゃない、やっぱりあんどんか、そういうものが大好きでしょうがないのである。理由はよくわからない。ちょっと薄暗い街並みの中にそれがぽっと灯《とも》っているのを見ると、ワケもなく胸を締めつけられるような気がする。だからチョウチンも好きだしホントに火が入っている灯籠《とうろう》も好きだが、雀荘やスナックのあんどんほどの感動はない。あれはいったい何なんだろう。あんどんの他に私を惹きつけてやまないモノは、お盆の時に道ばたに置いてある、ナスとキュウリの馬ですが、道ばたにぽつんとあるものが好きなんだろうか。ちょっと違うような気がする。

アーケードを歩いていて目に飛び込んできたのは、べつになんということもない、一軒の本屋だった。

その後、小倉に行くたびに必ずその本屋に行ってるんだけど、場所がうまく説明できない。歩いていればわかるのに、口で説明しようとするとまったくわからなくなる。といって、べつに「誰も知らない不思議な本屋」というわけでもなく、お客さんはふつうに多い、ごくふつうの本屋さんである。

小倉のアーケード街は明るくてキラキラしている。金メッキ、という感じがする。無法松が今生きてたらこんな金メッキの時計でもしてるんじゃないか、という安っぽい（悪い意味じゃない）明るさだ。なのにどういうわけだかその本屋だけ、「通りにぽつんと灯る雀荘のあんどん」みたいな雰囲気をかもしだしているのだった。

暗いのか？　いやそんなことはない。あ、店の明かりが蛍光灯だからか。蛍光灯ってのは独特の暗さがある。うーん、でもその本屋のそばのパチンコ屋も蛍光灯だらけだけどそんなことはないしな。それに、その本屋、暗いんじゃなくて、本屋自体が「ぽっ」と明るくて、まわりが薄暗いような感じなんだ。隣の店を見れば、そこは燦々《さんさん》と明るいのに。

その店のことを思い出すと、必然、夜明けの壇ノ浦から、激しい吹き降りの小倉の朝、暴風雨の博多、そして晴れ渡ったあとになまぬるい風の吹く夕方の小倉が一緒になって思い出されてしまう。小倉に行くと必ずその本屋に行くので、行くたびに、それがフグの季節であっても、夏の風を感じてしまうような気になる。

だからやっぱり小倉は夏だ。いつ行ったって夏である。フグも美味《おい》しいけど。競輪もいいけど。

武田百合子と洋菓子の旅

笠松競馬場といえばオグリキャップのふるさとである。今オグリキャップが住んでいる北海道の新冠《にいかっぷ》もふるさとと名乗っているし、オグリキャップが生まれた北海道の三石《みついし》もふるさとを名乗っているが、競馬ファンとしては現役生活をスタートさせた笠松の地がオグリキャップのふるさとであると認定したい。オグリキャップの胴像もあるし。他のふるさとには銅像はないだろう。いや、あるか……オグリなら。

で、オグリキャップのファンでなくてもなんとなく笠松ってのは、行ってみたい気にさせられる競馬場なのだ。デパートの屋上遊園地のような粗末なキラビヤカさで競馬ファンを誘う。これはたまらない。名騎手の安藤勝己もおるし。この安藤勝己という男、山口瞳の草競馬流浪記第一回笠松競馬場の巻に「なにしろ、おぼこい」と書かれた美少年（当時）騎手なのだが、見に行ってみたら目がツリあがって頬骨の出た「歌舞伎町裏社会の顔役で呼び名が蛇、青龍刀で殺した人数八人」みたいな顔だったのですごくびっくりして、その日のメインレースに勝って表彰式に出た安藤がニコッと笑ったらいきなり耽美《たんび》小説の「小悪魔のような美少年（この描写が出てきたとたんその小説は読みたくなくなるが）」の顔になったのでもっとびっくりしたのだが、それはまた別の話でした。

そんなわけで、泊まりがけバクチ旅行（以下旅打《たびう》ち）の第一弾が、うちは笠松競馬場だった。

旅打ちは楽しい。笠松競馬旅行以降、我が家では舅《しゅうと》の葬式で実家に帰った時を除くと、旅行という旅行はぜんぶ旅打ちである。

これがほんとに楽しいんだ。

泊まりがけで遊びに行くのが楽しくないわけがないが、旅打ちってのは、ふつうの観光旅行とか買い物旅行とは明らかに違ったナニカがある。大目的である競馬場競輪場以外の部分も楽しくってしょうがない。近畿日本ツーリストの京都花の寺と懐石の旅ツアーで料亭に向かって歩く四条河原町と、大津びわこ競輪場で競輪やったあと「やっぱ三宅伸（という選手がいるんです）はダメだった」とかぼやきながらどっかで夕飯の安店を探して歩く四条河原町では、街の景色がまるで違っている。……とか書くと、競輪後の景色がとんでもないクライみたいではないか。そうじゃないんだ。そっちのほうがどういうもんだか、い景色だ。

「競馬場や競輪場で馬券車券を買って勝ったり負けたりしたあと、しょぼいホテルにチェックインしてしょぼい定食屋で食事して、商店街の洋菓子屋でオヤツを買い酒屋で飲み物を買い、本屋で本を買い、しょぼいホテルに戻って寝る」、やることといえば判で押したようにコレしかないのだが、この楽しさはたとえようもない。

で、どういうものだか、旅打ちの先で見つける本屋が印象深いのである。旅打ちを長く続けて「場内の食べ物のうまいギャンブル場はレースも充実している」という法則を発見したのだが、「ギャンブル場のある街の本屋は忘れがたい品揃えである」という法則も発見した。どっちも馬券車券にはまったく関係ないムダな法則である。

その、一発目の笠松行き旅打ちの時、安藤勝己の顔にびっくりしながら（彼のルックスに対するびっくりは長く持続するのだ）、宿に帰った。

宿は岐阜である。その宿がすごかった。非常口と書かれた場所はただのコンクリの壁だし、部屋の中には避難バシゴの『オリロー』が段ボールに入れて無造作に置いてあるんだが、そのハシゴの幅より窓の幅のほうが狭いんだ。これをどうやってかけろというんだ。避難器具が形骸《けいがい》化している。火事になって非常口と書かれたコンクリの前で折り重なって死んでいる自分の姿を思い浮かべたりしながら、街に出た。その街もけっこうすごい。駅前には『フルーツ王国』と看板を掲げた果物屋があり、ずいぶん大きく出たもんだと見てみると、薄暗い店には干し柿しか売っていないではないか。確かに干し柿のうまいやつはものすごいうまさだと海原雄山が言っていたが、しかしフルーツの王者とまでは言わないだろう。そもそも干し柿自身が「私は日陰の者でよいのです」というタイプだと思うのだが。なんか恥ずかしそうに粉をふきながら、干し柿は並んでいる。

フルーツ王国だけでなく、全体に、どうも岐阜のメインストリートの店は、電気が暗いような気がする。電気が暗いというのは実に気分も暗くなるものである。どうせなら真っ暗なほうがマシだ。なのになぜか、岐阜の街は薄暗くても気にならない。さっき笠松で見てきた安藤勝己の、震えがくるようなカッコいいドス暗さ（こんなコトバはないが）が、この街全体を支配してるのか、とすら思うほど安藤勝己って騎手はカッコいいんですが、とにかく岐阜のメインストリートは薄暗いような気がする。

本屋も同じように暗かった。屋号は忘れたが、ともかく、メインストリートにある書店である。人それぞれに「理想の本屋」像があると思うが、私の理想は「広くなくて（フロアが広いと疲れる＝梅田の紀伊國屋書店）」「下世話な本も取り揃えている（実話系週刊誌とかホモ雑誌、昔ながらの男性エロマンガのない本屋なんて本屋じゃない！＝名古屋のウニタ書店)」「国書刊行会とかサバト館(漢字が思い出せない)などの、玉虫色の函《はこ》の豪華本なども置くというフトコロの深さ」「サブカルチャー関係の本をきちんと取捨選択して揃える(なんせ玉石混淆《こんこう》な分野なので、しょうもないものが並んでいるとガクッとくる)」「ギャンブル関係の本がある。が、多すぎてはいけない(このへんは微妙な心理)」「講談社現代新書があんまりたくさんあってはいけない(これももっと微妙な心理)」「春陽文庫がズラリ揃ったりしていてはいけない(もはや理解してもらえない微妙な心理)」などなど、いろいろ注文がある。

その岐阜の店は(屋号を書かないのは理由があるからじゃない。思い出せないのです。印象がないから忘れるんじゃなくて、私が本屋を場所と映像で覚えるからです)、入った瞬間は「ごくふつうの地方都市の本屋」で、それじゃー週刊誌でも買うか、と狭い店内をうろうろしていたら、薄暗い店内のさらに暗い隅っこの棚に、『遊覧日記』という本が差してあるのが見えた。

……というのが、武田百合子の単行本をはじめて手に入れた時の状況となるわけだが、武田百合子は、種村季弘が編集したアンソロジー『東京百話』の中に何編か書いてるのを見ただけで、どんな本を出してるかとかいっさい知らなかったし、そもそもその薄暗い本屋のさらに薄暗い隅っこで、本の背中の武田百合子なんて活字はぜんぜん見えなかったというのに、どうして『遊覧日記』が、暗闇で一条の光に照らされたようにパッと見えたのか、いまだに不思議でしょうがないのである。

それを買って本屋を出て、やはりどことなく薄暗い、メインストリートの洋菓子屋でケーキを買い、火事になったら折り重なって死ぬであろう宿に戻って、寝床の上でケーキを食べながら本を読んだ。旅先のケーキはフォークも皿もないんで、ケーキ屋に頼んでプリン用のプラスチックの匙《さじ》をもらって、それで箱からじかに食べるから、やたらクリームやスポンジがぼろぼろ落ちる。遊覧日記もすぐケーキくずまみれになった。この本には写真の頁が何枚かあって、そこがクリームの油ジミで、ワケのわからないことになってしまった。まあ、うちの本はみんなそんなことになっているんだが。

翌日も、笠松競馬場でずっと読んでいた。すぐ読める本だけれど、好きな本はなんべんも繰り返して読むので。

笠松はパドックがコースの中にあるので、パドックを見るためにいちいち席をはずさないでいいから、馬券を買いに行く時以外はずっと座っていられる。レースまでの待ち時間がまとまってとれるから読書には最適な競馬場なのだ。読書以外にも、昼寝とかヒマつぶしとか、笠松は時間を有効に使えるいい競馬場である。

で、はじめてまとめて読む武田百合子はかっこよかった。何がどうかっこいいのかさっぱりわからないまま、しびれてしまった。前の日にはじめて見た安藤勝己もかっこいいが武田百合子もかっこいいよな。こりゃすげえわ。両方とも、とうてい友達にはなれそうもない人たちである。かっこいいけどコワイ。安藤には暗闇で殴り殺されるようなコワさがあるし、武田百合子には面と向かって「つまんないねえ。それじゃさよなら」とか言われそうだ。だからかっこいいと思いつつ、読んでて「ひやっ」と背中が冷えるものがある。近寄ってはいかん、と心の中でもう一人の私が言っている。

本棚の『遊覧日記』を開くと、目のでかい武田百合子の顔と目のツリあがった安藤勝己の顔と、薄暗い岐阜のメインストリート、ワケのわからない恐怖と、長良川《ながらがわ》の水、馬糞《ばふん》と草の匂い、ドキドキする胸、そんなものがうわっとよみがえってきてへんな気分になる。へんな気分になる本なんてめったにないし、へんな気分になる男もめったにいない。いきなりの旅打ちでいきなりそんなもんに出会ってしまった。

モツと山菜の旅

甲子園の阪神戦をテレビ（主にU局）で見てると巨人戦以外はいつもガラガラみたいな気がする。ピッチャー振りかぶって第一球、をテレビカメラ（サンテレビの阪神タイガース完全中継とか）は一塁寄りから映すもんだから、三塁側のスタンドがピッチャーの背景になって、そこがガラガラ。寒々しいコンクリートがムキ出しで、そこに散らばってる人々は野球見てるのかヒマつぶしてるのかわからんようなたたずまいだ。昔川崎球場のロッテ戦を見に行った（相手は日ハム）時もこんなだったが、でもそれは不人気で名の聞こえたロッテだからまだいい（よくはない。すみません）。こっちは阪神ですよタイガースですよ。古関裕而先生が作曲してくださった格調高き名歌『六甲颪《ろっこうおろし》』もある、由緒正しき名門チームではないか（ああ、書いててむなしくなってくる）。

しかし実際はちゃんと客は入っている。テレビのピッチャーの背景になってるのは外野寄りの内野席で、安い外野でもなく、選手に近い内野の高い席でもないどっちつかずのコストパフォーマンス最悪の場所だから客がいちばん入らないんだ。おまけに三塁側。これが一塁側なら、どんな席であろうと阪神ファンが一面みっちりつまって、風船飛ばしたりメガホン振りまわしたりしているのだ。甲子園には毎日客が何万人も来ている。なのにたまたま「いちばん客のいない場所」を映してしまうようなカメラアングルで中継がなされているのだった。サンテレビの電波が飛んでこない場所に住むようになって久しいが、いまだにあのアングルでやってるんだろうか。あれはイメージ戦略上うまくないと思う。

それと同じようなことって、他にもあると思いませんか。カメラアングルが悪いばっかりにソンしているもの。

私がソレの第一に挙げたいのが、上山《かみのやま》競馬場である。

でも上山競馬場のカメラアングルなんて、この日本で注目して見ている人、いったい何人いるんだろう。

山形県の上山に上山競馬場はある。最寄り駅は『茂吉記念館前』。山口瞳がこの競馬場を大好きだったのは有名な話である。

私は長いこと、この競馬場には行く機会がなくて、テレビやビデオでレースを見るだけだった。それを見ながら、いくら山口瞳のオススメだと言われても、どうもイマイチ「よ

ていた。しかし、1コーナーから2コーナーの、なだらかな山というか丘というか、そこ見る。だからバックに映ってる「つまんないなあ」と思わせる景色しかないような気がしてわかった。着順」を映し出す。4コーナーからゴールまでを重点的に映すし、こっちもそこばっかりてわかった。テレビ画面で判断しちゃあいかんですね。テレビはあくまで「レースとそのと、思い込んでたんですが、これが「阪神タイガース完全中継現象」だった。行ってみ

そういう、景色のいい競馬場にくらべて上山はどうも劣るような……。

知は眼前の山に切れ目があってそのはるか向こうに太平洋の気配が。りにきてよかった」と思わされる。佐賀競馬場もいい。こちらは山がもっとぐっと迫ってきてコースがその中にすぽっとはまった感じ。後ろがひらけているので閉塞感《へいそく》はない。高るのを見ると「ああ夜行バスに乗ってシンドイ目をみてこんなとこまでわざわざ競馬をやこうになだらかな山が嬉《うれ》しそうに（そうです、小倉の山は嬉しそうなのです）重なっていほうがよかったりする）。「景色のよい競馬場」はなんといっても小倉競馬場であって、向

競輪場はそうでもないが、競馬場の景色って、けっこう重要だ（競輪場は、景色が悪いな……。これはつまんない田舎なんじゃないか……。

空気はきれいそうなんだけど、どうも平板な景色……。ひらべったい、ただの田舎みた

し行こう！」という気になれないでいた。

から静かに続いていく3コーナー4コーナーの景色、と一目で見渡すと、この流れが絶品に近い。こんな素晴らしい景色だったとは。すまなかった上山競馬場よ。

さらに、上山競馬場の得点を上げたのが、その場内の食堂メニューの素晴らしさだ。上山競馬場の食事事情は日本全国のギャンブル場の中で（歌舞伎町のクラブの秘密部屋で行われる、キャビアのカナッペとか出てきそうな賭場《とば》なんかを別にすると……まあそもそもキャビアのカナッペなんかうまくもないが）まず間違いなく日本一の豊かさである。

モツ煮込み、玉こんにゃく、漬け物、イカ焼き、オニギリ、黒飴《くろあめ》、台湾飴、パイン飴、南京豆、かりんとう、あんころもち、雑煮、カルビ丼、カルビ焼き、ところてん、冷やしラーメン（冷やし中華ではないらしい）、わらび、山うど、蕗《ふき》、こごみ。

競馬場や競輪場の食べ物はだいたい、味が濃くて油っこくて、そんなものを毎日食べ続けたらまず肝臓を破壊する、と思われるようなものが多い。それはそのへんの牧場で病気で死んだ牛や豚の死体をもらってきて料理してるから濃い味にでもしないとどうしようもない、なんてわけはなくて（たまにソレを感じさせるものに出会うこともあるが）、「明日のことなんか考えるな！　今を生きろ！　悔いを残すな！　今あるカネをすべて賭《か》けろ！」というギャンブラー魂を鼓舞するための濃い味つけだと見た。川崎競輪場の、揚げたてで油がジブジブいってる串《くし》カツなんか、ガブリとかみついた瞬間、「よっしゃ、次のレースでぜんぶ取り返したる！」とか元気が出てくるもんなー。食べてしんみりして「家に子供が待っている……」なんて思い出されるようなモノなんか出してたら商売あがったりではないか。

上山競馬場の食べ物も、もちろんギャン魂鼓舞モノは豊富だ。とろけるようなモツ煮込みは「毎食これ食って死んでもいい」と思わせる魅惑的な味だし（でも死んだら馬券はもう買えないな）、食堂で出すカルビ焼きは、分厚い木皿に焼けた鉄板をのせる式の皿の上で、焦げ茶色のタレとタマネギにまみれてじゅうじゅう音をたてている。見た目ほどは濃い味ではないんですよ、なんてことは断じてなく、見た目通りのすごい濃い味だ。

ふつうはここで終わりだ。ガンガン食って体こわしてくれ、あとは知らん、というのがギャンブル場グルメのハードな世界だ。

しかし上山は違う。きちんとフォローがある。

山菜の浅漬けや、こんにゃくを薄いダシで煮込んだやつが出てくるのだ。

充分に悪食をしたあとにこの山菜を食べると口の中にほろ苦いような、えぐいような、いかにも「生きてる木の芽を食べてる」という味がサッと広がって、肉と油と塩気で濃くなった血がサラサラに戻っていくようだ。ああ体にしみる。こんにゃくも充分な食物繊維となって体の中を通り抜ける。ああすっきりする。

上山なんて相当な田舎なので、あんまりハードに攻めると客も寄りつかなくなる、という考えなのだろうか。場内には確かにおじいさんも多い。この人たちを肉油塩気責めにしたらいきなり客が三割減ぐらいになりそうだし、そうなっては困る、ということで「おじいさんの体にもやさしい」山菜類（他にも菜っぱを刻み込んで全体が青くなっているごはんのオニギリや、実だくさんのお雑煮なども老人にウケている）を出すのだろうか。それはそれで一つの考えだろう。そういう競馬場だから馬たちもずいぶん年寄りになるまで走り続けて……ということはべつにない。でもトシなのにみょうに元気な感じの馬は多い、ような気がする。年甲斐《としがい》もない馬、というか。

上山は温泉町なので、ホテルというものが一つもなく、ぜんぶ旅館。

しかしこんな、絵に描いたようなひなびた……いや……さびれた？……ちがう……こぢんまりした……うらむ、それがいちばん近いかな……こぢんまりした温泉町というのが残っていたとは。競馬をやって温泉に入る。そりゃ山口瞳も気に入るだろう。しかしデキスギの感もなくはない。

私はその日に限って宿で読む用の本を持っていかなかったので、本を探しに街に出た。ない。本屋が見あたらない。上山市に本屋が一軒もないわけはないのだが、一軒も見つからないのだ。そもそも本屋がありそうですらないんだ。本屋というのは、どんな本屋でも独特の色と匂いを発していて、そこに見えなくても「そこの辻《つじ》をまがるとありそう」とかいうことがわかるのだ、……が、そこにはその気配すらないのだ。あるものといえば、旅館の玄関と、スナックの看板と、空き地とくぼ地と、ドブ川と、ホコリっぽい食料品店だけだ。この食料品店というのには、数種類の野菜と、数種類の果物（だいたいリンゴとミカンとバナナ）と、カップラーメンにスナック菓子とチロルチョコ、さびた缶詰、そして片隅に週刊誌を売っている、という構成になっている。さんざん歩きまわってもうどうしようもなくなったので、そこで『女性セブン』を買って、それと目についた「おしどりミルクケーキ」というものを買って宿へ帰った。女性セブンは、なぜか「硬派な女性週刊誌なんじゃないか」という思い込みがあったので買ってみたのだが、……ふつうの週刊誌だった。おしどりミルクケーキは、ガムみたいな大きさ薄さで、コンデンスミルクを固めた味のものである。相当ものすごいジャンクなお菓子なのだ。こんなもんを私ははじめて見た。さすが山形は違うなあと思いつつ、寝っころがっておしどりミルクケーキをかじり、女性セブンを読んでいたら、山菜で清らかになった血がまたどろどろしていくような気がしたが、「明日も競馬場で山菜食べるからまあいいや」と思った。

『混血児リカ』との旅

小さい頃から、「大人になったら思いっきり、エッチなマンガを読みたい」と念願していたのに、大人になっていざエッチなのを買い込んでもあんまり感動しないのはどういうわけだ。

子供だったからたいしたことないエロでも昂奮《こうふん》してしまったのか。今でも憶《おぼ》えてるのが、週刊明星で連載していた『混血児リカ』ってマンガ。これが小学生の子供には激しくエッチだった。前後の脈絡はまったくわからないが（連載モノの一回しか読んでないから）、なんかどっかの奥さんみたいな人が夜、おしっこしてると（もちろん和式便所）壁の隙間から男が覗《のぞ》いていて、そのまま便所に押し入ってきてやられちゃうというシーンが忘れられないのである。もっと格調高い思い出はないものだろうか。それがあまりにもエッチで『混血児リカ』なんていうタイトルのほうはすっかり忘れ去っていたのだが、作者の凡天太郎さんという人（すごい名前だ）が、マンガだけじゃなくて有名な刺青《いれずみ》師でワールドワイドに活躍してるんだそうで、そのことを紹介した本に「凡天さんの昔の作品」として『混血児リカ』の絵がちっちゃく載ってるのを発見して思い出したという次第だ。約三十年ぶりに思い出して感無量である。

いまだに『混血児リカ』を越える衝撃のエロマンガに出会ってないというのは納得いかない。どうなってるんだ。文明は進歩するんじゃないのか！　それとも思い出は美化されるのか？　混血児リカをそれほど美しい思い出にして心の中にしまってるなんて、そんな自分はイヤだ。

それにしても、さいきんのひどいエロ事情はどうしたことか。子供の頃アコガレていた『エロトピア』も大人になって読んだら、アニメ絵のカワイコちゃんがお遊戯みたいなエロを展開する雑誌になってたし、他に山ほど出ているその手の雑誌も同工異曲。これはエロじゃなくてアニメ絵のカワイコちゃんを鑑賞する雑誌のようだ。エロ目的の読者はグラビア雑誌にいっちゃったのだろうか。あちらはナマの毛まで出ちゃってるし。

コンビニなどでたまーにリカをほうふつさせる、時が止まったような絵柄のエロ雑誌を発見することがある。こういうテのものが連綿と続いているということは、「リカ（みたいなエロ）よ再び」というファンの声に押されてのことなのか、そう思って手に取ると、これがほんっとにどうしようもないぐらい古くさい。リカよりもさらに昔にいっちゃってる。おまけにエロシーンがたいへん少ない。以前、大川豊の本を読んでいたら「若い頃は見返り美人の切手で（オナニーを）ヤッたもんさ」という年寄りが登場したが、そういう年寄り向けなら、あんなヌルいエロでもイケるのかもしれないが……しかし老人向けのエロ本『性生活報告』は相当にエグイしなあ。いったい誰が読むのか、ターゲットがよくわからない雑誌だ。このタイプを好む層はガンコだろう、とは思うが。

益田《ますだ》競馬場というのは日本でいちばん小さな競馬場として知られている。あんまり小さい小さい言われているので、どんなに小さいのか見てみたくなって行った。

でも、じっさいに行ってコースを見渡すと「そうでもないんじゃないか」と思った。向こう正面、いい感じになだらかな丘が見え、内馬場にサワサワと草が揺れたりしている風景は決して狭苦しくない。

しかし、くるりと振り返ってスタンドを見たら「こ、これは小さい」と思う。いや、最初はよく、わかんないんだ。まず「客がでかい！」と思った。「ま、益田の客は身長三メートルぐらいあるのか！」とビックリした。府中や京都を見慣れているから、頭の中に「競馬場のスタンドの大きさ」というのが入ってしまってるもんで、「スタンドに対する人間の大きさ」も「だいたいこれぐらい」という先入観がある。それが、益田のスタンドが小さいもんだから、スタンドに対する人間がすっごく大きく見えるのだ。「島根県は巨人国か」と思ってしまったではないか。そのあと「ああスタンドが小さいのか」ということがわかってホッとした。騙《だま》し絵を見たようであった。とても面白かった。それでいったん馬が走りだすと、その大きなお客さんたちが飛んだりはねたりして喜んだり悔しがったりしているのがもっと面白かった。それから益田の騎手はハンサムなのが多くて驚いた。見るべきところがすごくたくさんある競馬場だ。

益田競馬場に行くなら益田駅周辺に泊まるのがいいと思う、が、私が出かけた日はなんだか大きな工事だかがあったらしく、街の宿は工事関係者でどこも満員、しょうがないから日本海の潮風が吹きつける国道沿いの、あたりになーんにもない、結婚式場と割烹《かっぽう》が一緒になったホテル（たぶん客室数は十室ぐらい）に投宿した。

古いのでみょうに部屋が広い。花柄の壁紙（シミが出てる）が張ってあって「これはどこかで見た部屋だ」と思ったら、むかーし見た日活ロマンポルノの、団地妻が男と入ったラブホテルだった。ううーむ。テレビをつけると、百円入れなくてもエロビデオをやっている。まだ太陽も高いというのに。こういうもんはふつう、夜の九時開始とかではないのか（翌朝もやってた。二十四時間やってるらしい）。うううーむ。晩ごはんを食べようと食堂に下りたら、従業員が一人もいない。暗くて、魚の生け簀《いす》は住之江《すみのえ》競艇場の水みたいにドブ緑色だ。その中で魚が口をぱくぱくさせている。その横に「刺身定食」って短冊が揺れている。ううううーむ。思わず回れ右をして、フロントでタクシー頼んでしまったではないか。

で、益田の街まで出たわけだが、私は地方都市が好きです。メインストリートに小さなアーケードなんかあるとたまらなく嬉《うれ》しくなる。

益田ではアーケードは見かけなかったものの、そりゃあもう絵に描いたような地方都市で、たいへん満足した。駅前の焼き肉屋（狭い。六畳ほどの小上がり。ビビンバはあるが冷麵《れいめん》はない。店の中には聞いたことない歌手の短冊みたいな宣伝ポスターが一枚）で焼き肉定食を食べ、街中の菓子屋（和菓子屋が主体だが、ショーケースの片隅でぱさぱさのケーキを売っている。チョコレートのハウスケーキとか、コーヒービートが一粒のったコーヒーのバタークリームケーキなどが、まずくてうまいという絶妙の味を見せる。黄色いティッシュみたいな紙にくるまれたレモンケーキももちろんある）でオヤツを買い、そしてシメは夜のお供の本探しだ。そしてすぐ見つかった、絵に描いたような地方都市の大きな本屋。

地方都市の本屋には二種類あって、一つは古い商店街にある売場面積の狭い店。地元の俳句同人誌なんかも扱っている。一つは国道に面した売場面積の広い、CDなんかも売ってる店。その日に見つけたのは後者である。

「地方都市の本屋って、一人の建築家がすべてを設計してるんじゃないか」

ってぐらい、こういう店はどこも似てるのはなぜなのか。まあいい。そういう本屋を見るとちょっとガックリくるが、安心もするから、いいのだ。

はっきり言ってこういう本屋で「あっ、こんな本が！」という発見をすることはまずない。あるとすれば、ふだんだったら買わない本をひまつぶしに買ってみたら面白かった、というパターンだ。その時は、「今まで気になっていたが、なんか恥ずかしくて手を出しかねていたエヴァンゲリオン関係の本」を買った。

そして、マンガのコーナーに行って、ふと手に取ったのが『美枠』というレディースコミックだ。ぺらぺらっとめくった瞬間、

「うっ、これは……混血児リカ！」

レディースコミックにも、エロなのと、ちょっとエロなのと、まるっきりエロでないのがあって、エロ度を見分けるには「表紙が外国人か否か。その外人は金髪か否か」を見ればよい、ということを試行錯誤のすえに知った。外人表紙モノなら間違いなくエロであり、その外人が金髪なら、頁全体に「ヌチャッ……クチャッ……」などというオノマトペが充

満し、頁をめくる指に体液が付着しそうなエロの激しいものとなる。『美枠（ミスト、と読むらしい）』もきっちり外人金髪女性の表紙である。エロ度は保証されている。そのエロの方向性が、ちらりと見たら三十年にわたって私をとりこにし続けた幻の『混血児リカ』なのだ。何本も載っているどれもが、そのテイストを持っている。

もう、ひったくるようにして買ったね。レジにエロ本とエヴァ本を一緒に出すのは相当恥ずかしかったが、そんなことは言ってられない。

そして日活ロマンポルノのラブホテルみたいなホテルに戻って、美枠をむさぼり読んだわけだが、これはレズビアンの話ばかりを集めたレディコミである。絵柄は、そう古くさくもない、しかしテイストはまさに混血児リカを受け継いだもので、私は「ああ三十年ぶりに出会えたこのエロテイスト」とむせび喜んだのであった（しかしリカリカ言ってるけど私が見たのは一回きりで、べつにそれ以外の回は真面目な話だったりするのかもしれないなあ）。

旅から帰って、当時住んでた地方都市の、国道沿いの本屋に行ったらちゃんと美枠、入荷してたので、喜んで毎月買うようになったんだが、大きな都会に引っ越してきたら「国道沿いの本屋」がなくて、美枠もまったく見かけなくなってしまったのである。私は悲しい。毎月食い入るように読んでたのに、出版社も何もまったく覚えていないのだ。確か美……ナントカ出版て名前だったような気はするが。それに出版社がわかっても、注文で取り寄せてもらう気にはなれないのである。べつに「エロ本を注文するのが恥ずかしい」ってわけじゃなくて、ああいう本は地方都市の国道沿いの本屋で、「ああ今月も出たな」とおもむろに買うのが正しいと思うからだ。

「地方都市の国道沿いの本屋」のない大都市なんてつまらん。『美粋』のことを思い出すたびにそう思う。そして、また益田競馬行ってあの日本海のそばのホテルに泊まって、あの本屋で美粋を買って、アダルトビデオをBGMにむさぼり読みたい。

湯けむりと朝ドラの旅

本屋で買っているところを見られたら恥ずかしいのはどんな本か。

などという問いかけ自体が自意識過剰で恥ずかしい。「誰も私のことなんか見てねえよ」ということは重々承知しているのに、「こんな本買ってるのを目撃されたら」なんて思って、伸ばしかけた手をひっこめたりしている自分がいちばん恥ずかしい。

いつだか、大阪のナンバブックセンターというひいきの書店で本を探していたら、私の横にエレキベースを持ったモヒカン刈りの青年が来た。大阪のそのへんには、パンクのすごいやつが暴れまわるライブハウスがいくつもあった（当時）ので、モヒカンなんか見慣れてたんだが、それにしても見事なモヒカンなので「おおっ」と思って見るともなく見ていると、その青年は石原まき子著『裕さん、抱きしめたい』をガッと取ってレジに行った。「おおっ」その買いっぷりは彼のモヒカンより見事だ。ワイルドで男らしい。本を買うならこうありたい。私がそのモヒカンだったら、「モヒカンのオレが『裕さん』買うなんてカッコ悪い。モヒカンにはモヒカンの読むべき本がある。でもどうしても読みたい。ならば買うしかない。モヒカンだから堂々と買わないと笑われるぜ。『裕さん』平積みされてる前であっちいったりこっちいったりしてたら、あいつモヒカンのくせに『裕さん』なんか読みたいのかよダッセー、とか思われたりして最低だ。迷いがあってはならぬ。オレはモヒカンだ、ハードコアパンクだ」などと思いつめるあまり、『裕さん』のつもりで別の本とかつかんじゃって、あわてて戻して、「ま、まずい！　ダメだ！　今さら『裕さん』には戻れない！」とかうろたえてあっちいったりこっちいったりしちゃったに違いないのである。誰も注目もしてないのに。そっちのほうがよっぽど恥ずかしいことだと思うのだが……いや、わかってるんだ、頭では。でもダメだ。小者だからどうしても平常心で本を買うことができない。本のセレクションがカッコイイと思われたい。恥ずかしい本だけは手を出したくない。しかし恥ずかしい本に限って、すごく読んでみたいのである。

ではどんな本が恥ずかしいか。

よく言われるエロ本、これは大丈夫だ。この分野に関しては「アホ言うもんがアホ、恥ずかしい言うもんが恥ずかしい」という境地に達しているので、どんなものでもいける。ただし、和歌山の古本屋と見まがう新刊書店にあった『新婚女性のための性の事典（題名ウロおぼえ)』は買えなかった。これは「買ってる私が恥ずかしい」じゃなくて、純粋に恥ずかしい本だった。買っておくべきだったと後悔している。

とにかく「読んでみたいけど、手を出すところを見られたくない」本の筆頭は、「売れている本」だ。

読んでみたいと思う本が、手を出すタイミングを間違えてベストセラーになってしまったりするともうダメです。

小説はいい。売れてるっていっても実はたいしたことがないのでいいのだ。『バトル・ロワイアル』が売れてるったって、社宅の奥さんも競輪場の友達も誰も知らんですもん。そういうんじゃなくて、ノンフィクションや実用モノのベストセラーがダメなんです。たとえば『子供にウケる科学手品77』。今も読んでみたい本だが、本屋で手を出すことができない。人目が気になる、……と、書くと、実にバカげているということがよくわかる。買えばいいじゃないか、『科学手品』。『「超」整理法』も『五嶋みどりを育てた母の本(タイトル失念)』も『存在論的、郵便的(こんなもんはベストセラーじゃないか)』も、読みたきゃ買えばいいのである。本屋で人目を意識して買いたい本も買えない私は、ほんとうにバカモノである。ああ、今日も近所の啓文堂書店で、あの、自殺未遂↓極道の妻から弁護士になった人の自伝(どうしてもタイトルが思い出せないのだ)、あれが読みたくて読みたくて、しかし手を出せずにウロウロしてしまった。ほんとうにイヤになる。

たまには「打つ」の入らない旅行をしたいもんだと思って、石和《いさわ》温泉旅行計画をたてて出かけてみたところ、そこには『ウインズ石和』などというものがあったではないか。予想外のことであったが、仕方ないので出かけていって数レース買った。ぜんぶハズレたのはまあいいとして、ウインズ石和、けっこう印象的な場外馬券売場だった。一歩足を踏み入れたらそこはなかなかの鉄火場で、客はみんな目つきが真剣だった。関西地区の場外馬券売場のプロの目から言わせていただけば、石和の客はウインズ難波の客層に似ている。けっこうシビアだ。敷地が広いだけに、見渡す限り真剣なおっさん、という光景はなかなかすごいものがある。

だけど、てっきり、石和温泉に浸《つ》かりに来た人々が、頭に手ぬぐいのせて、いい気分でほのぼのと馬券買ってるもんだとばかり思ってたよなあ。

なんで石和にしたのか、というと、テレビ東京で柳生博が司会やってた『百万円クイズハンター』の賞品によく石和温泉の宿泊券が出ていて、そのクーポン券に添えられた旅館の写真が、あまりにもベタな「日本の温泉地〜」って感じだったもんだから、そういうところに行ってみたかったのだ。

確かに石和温泉駅を降りた瞬間、そこは「温泉街の駅前」で、オッサンオバサン連中が後から後から電車を降りてきて駅前はゴッタがえしている。これこそ私の求めていた「正しい温泉客」の姿だ。

「しかしその割には、この町はひらべったくて茫漠《ぼうばく》としているような……この温泉客たちに似つかわしくないというか……」

草津《くさつ》とか道後《どうご》とか、上山もそうだけど、温泉街というのはだいたい、山に囲まれてコンパクトにまとまった幕の内弁当的な町になってると思っていたが、石和はどうもそういう感じじゃない。そして、とった宿に荷物を置いて（この宿がまた、減価償却終わっちゃったような、ヤル気のない旅館なんだ。窓があるから開けたら隣のモルタル壁だし）、食事まで時間があるからちょっと散歩してみたら巨大旅館「ホテル石庭」があった。だけど、そこもただ大きいだけの旅館で人けがあんまり、いや、ほとんどない。

このあたりで、「何かヘンだ」という感情がジワジワと襲ってきたのだが、何がヘンなのかまだよくわからなかったのである。ヘンだヘンだと思いながら宿に帰ってごはんを食べた。

旅館の食事はまあ〝いわゆる旅館の食事〟で、固形燃料で焼くビフテキ（消しゴム大）なんかが出てそれなりに満足したし（私はしょぼい旅館のまずい食事が大好きなのだ）、風呂《ふろ》も人がいなくて湯船で浮いたり寝ころんだりタオルで風船つくったりできたのもまあよかった。しかし風呂から上がってもまだ六時。すぐ寝るという考えもあるが、ここはやっぱり「夜の街」に繰り出すのが正しい温泉客のあり方だろう。

ちょうど桜が満開である。石和の町の真ん中にはなんとかいう川が流れていて、川べりには桜並木が続いている。それをまたライトアップしてある。という状況があったら、この日本という土地でどうなるかは火を見るより明らかだ。おまけに温泉地でっせ。酒と桜のどんちゃん騒ぎでタイヘンなことになる。……と、思うでしょう。それが人っこ一人いないのだ。小ぎれいな遊歩道みたいになっているので酒盛り禁止なのかと思ったが、それならそれで老カップルが桜を眺めてしんみり、なんてのもあるんじゃないのか。とにかく、温泉街のメインストリートをぶらぶら歩いていったらキラキラに光り輝く夜桜の道があって、そこに一人で立ってるってのはすごく不思議な感じがした。

宿でもらった石和の地図によれば「湯けむりろ〜ど」だかなんだかいう道がある。そこは飲食街があって、劇場もあるみたいだ。温泉街の劇場といえばストリップに違いない。私はストリップ劇場の外観マニアでもあるので、見逃すわけにはいかない。よしそこだ。

しかし。そこまで行くのに、ぶどう畑の真ん中の道を歩いていくと、街灯というものが一つもない。ものすごく怖い。住宅地区も暗くて怖い。地図を見ようったって明かりもないから、しょうがないので自動販売機や見知らぬ人の家からもれてくる明かりをいただいて道を調べるしかない。ところで石和の家はカーテンをしてない家がすごく多くて居間の生活なんかが丸見えなのは、大丈夫なのだろうか。石和の人はあけっぴろげな町民性なのか、それとも「街灯がないから、それぞれの家の明かりでそれにかえる」という役割なのか。とにかくそれぐらい暗いです。

夜桜の下にいなかったぐらいだから、ふつうの道なんか人はまったくいない。「湯けむりろ〜ど」に到着したが、そこにも人はいない。ハモニカ式っていうんですか？　平屋のスナックが五軒ぐらいくっついてる、見るからにウラさびしい建物がポツポツあるだけで、そこがうすら青い光を発している。それでもドアの向こうからカラオケの歌声でもうわんうわん聞こえてくれれば、モノ哀しいなりに活気も感じられようというものだが、通夜の夜中の祭壇みたいに静まりかえっている。

「ここは……おかしい」

ストリップ劇場もちゃんと営業しているのに、やっぱり受付も客も見あたらない。

「どうなってんだこの街は」

人がいない。それなのに電気もガスも水道も通っている。メーターもくるくる回っている。ラーメン屋からはスープの匂いがぷう〜んとにおってくる。それなのに人がいないんだ。ゴーストタウンよりそっちのほうが怖い。

こんな「湯けむりろ〜ど」にいるのはイヤだと思って早々に引き上げることにしたが、帰り道、もっとすごいものを見た。石和警察署。警察って二十四時間営業じゃないの？そりゃ全館煌々《こうこう》ってことはないだろうけど、せめて玄関と受付ぐらいは明かり灯《とも》ってるんじゃないか？

誰かいなかったらマズイんじゃないの？……………真っ暗。カンペキに「営業時間を終了しております」。どっか別のとこに新庁舎ができてるのか。でもそうならそれなりの看板ぐらい出ていそうなもんだが。とにかくこんな警察署見たことないのでのけぞった。旅人とかが、真っ暗なぶどう畑の道で暴漢にあって、かけこんできた警察署がコレだったらものすごい絶望だと思う。どうにかしたほうがいいと思う。

ホテル石庭だけではなく、それなりに大きな旅館もいっぱいあって、そういう旅館も人けがない。道に面した部屋のカーテンが開いていたから（住んでる人たちだけじゃないのか）覗《のぞ》いてみると、確かに人はいる。いるんだけど、大きな座卓のまわりに五人ぐらいが、じっと正座して微動だにしないんだ。

「悪夢でも見ているのか、私は」

石和に来て、人間らしい人間を見たのが、駅にいたオッサンオバサンと、ウインズ石和のギャンブラーだけ。その他の場所で、血の通った人間を見ていない。

茫然としながら歩いていたら、本屋があった。イナカの国道沿いの本屋である。文房具とCDも売ってる本屋。思わず助けを求めるように入ってみると、

「ひ、ひ、人がいる」

女子高生とかOLとかコドモがちゃんといる。当たり前のこととはいえホッとして、ふらふらと目についた本を手に取ってしまったのだが、次の瞬間ハッとした。

「まっ、まずい」

思わず手に取ってしまったのが、『私の青空』というムックである。しかしがっちりつかんで、表紙までめくってしまったので、もう放り出すワケにもいかない。タイミングを完全に逸した。

ほれ、半年に一回、NHKの朝ドラ開始とともに、本屋の『きょうの料理』や『婦人百科』（ってのはもうないか）なんかの棚に一緒に並ぶだろう、朝ドラ紹介モノの薄いムック本。朝ドラがはじまるたびに、私はアレが読みたくて読みたくてたまらないのである。しかしあれほど手に取るのが恥ずかしい本はない。そもそも、朝ドラを、最初の回から見て「いったいこの話は、この先どうなるんだろうっ」と気になってしょうがない、というのがたいへん恥ずかしい。「NHKの朝ドラは見ない」と宣言できるナンシー関がうらやましい。

ツマラナイと評判だった朝ドラというのはたいがい、はじまりからしてツマラナイのである。『走らんか！』とか『あすか』とか、ヒドかったですもん。それでも、初回から見て「いったいこの話は、この先どうなるんだ」と手に汗を握ってしまう私。すごくイヤである。

なら評判の朝ドラならいいかというと、これにはまた別種の、ツマラナイ朝ドラどころではない恥ずかしさがつきまとう。『ふたりっ子』とか、内舘牧子脚本の、タイトル忘れたけど石田ひかり主演で相撲部屋が出てくるやつとか、古くは『おしん』とか、そういうやつ。そういう朝ドラに見入ってしまう自分がすごくイヤだ！　でもどうしようもないんだ！　面白いなんて断じて言いたくない！　けど毎朝八時十五分が待ち遠しい！

だから四月と十月。朝ドラのはじまる時期の本屋では「朝ドラムックを読みたい……が、読めない」と苦しむのである。「アラスジが見たい！　先を知りたい！」。まあ、一ヵ月もたつと収まりますけどね。本屋からも消えちゃうし、朝ドラムック。

しかしだ。石和という街のブキミさに茫然となったあまり、今までどうしても手を出せなかった朝ドラムックを手に取っちゃったのだ。

ええ、ええ、もう、手に取ったからには読みましたよ。本屋の隅っこで、食い入るように。だから、『私の青空』については、前半というか導入部というか、そのへんのアラスジについてはしっかり押さえましたよ。でも、知らなかったけど、朝ドラムックって、アラスジはほんとにほんとの導入部までしか書いてないんだ。コレは視聴者（というか読者）をひっぱる作戦か？　あ、単純にまだ脚本ができてないだけか。あとは出演者のプロフィール紹介とか、舞台になった場所探訪とか、そんなんだ。でも、次の朝ドラでもまたぜったい読みたくなるだろうなと思わせる。人は素晴らしい本ばかり読みたくなるわけじゃない。

朝ドラムックが本屋から消える頃、こんどは「朝の連続ドラマの原作！」とかいって、本が出るんだよなあ。さっき本屋に行ったら「内舘牧子著『私の青空』上」ってのが出てたよ。あれなら、せめてアラスジの半分は書いてあるんだろうな。はい、もちろん読みたいです。でも石和で茫然《ぼうぜん》としていない今となっては、とてもじゃないけど手に取ることなんかできません。

毎朝、『私の青空』のサワヤカなテーマ曲が流れてくるたびに、石和の、人っこ一人いない夜桜の道やストリップ劇場のピンク色のネオンとかを思い出して、なんかヘンな気分である。しかし、いいんだろうか、大丈夫なんだろうか、石和温泉。

仏とエロの旅

いとうせいこうとみうらじゅんの仏像探訪記『見仏記』には言いたいことがいろいろある。

いや、いとうさんもみうらさんも、自分の好きな仏像のことを好きなように書いてるだけなので、文句つける筋合いではないが、それでも、

「浄瑠璃寺の吉祥天をイイってのはどうなんですか、みうらさん！　いや、浄瑠璃寺の吉祥天はまだ許そう。よりによって興福寺の阿修羅とは！」

と言いたくなったりする。

感じ悪いじゃんか、浄瑠璃寺の吉祥天。阿修羅、あいつはとんでもない食わせ者だ。やはり仏像だって（仏像だからこそ、か）ルックスより人柄だろう。浄瑠璃寺の吉祥天や興福寺の阿修羅、泉涌寺の楊貴妃観音なんていう美形仏像は、千年以上も善男善女にチヤホ

ヤされたもんだから、「ふっふっふ、こんなキレイなオレ、カッコいい」と思ってるのである。ウソだと思うなら寺まで見に行ってみてほしい。人気者特有の「オレのことほめない人間なんて誰もいないぜふっふっふ」って顔でニンマリしてるんだ。

だいたい、観音系の仏像は長髪でチャラチャラ飾っているもんだからとっつきやすいぶん、精神もチャラチャラしてるぞ。いや全員がそうだとは言うまい。たまに「ホントにそんなイイ人でいいのか！」と言いたくなるようなお人好《ひとよ》し系の観音もいる。他人の視線なんかどうでもいい、ただ孤高の美しさをたたえる観音もいる。

………というような、仏像をヒト視してああだこうだ言う、というのはまさにみうらじゅんが仏像を語る方法そのものであって、つまり『見仏記』にこうもイチャモンつけたい、という気持ちの裏には「先にヤラレた悔しい」というのがあるのか。そう考えるとますますハラがたつが。しかし、みうらじゅんといとうせいこうがイイと言ってる仏像は、ついイチャモンつけたくてウズウズするようなセレクションなんだよなあ。

と、言いながら、写真で見て「こいつはチャラチャラしてるからキライ」と判定された仏像は、そこで「今後見なくてもいいや」となるので、実物を見ていないのだ。

写真と実物は違う、というのはよく言われることだけれど、私は「そうでもない」と思っている。好きな男を一目拝ませてもらうのと、好きな男の写りのいい写真を一枚もらうんだったら、だんぜん写真をもらうが。いやそれはちょっと話が違うか。本物見なくても、写真だってわかることはいっぱいある。「実物見てもいないのに言うな！」という意見には承伏しがたい。

しかし、たまに「げ、実物はぜんぜん違う！　すんげえいい！」ということがある。逆に、実物見てガックリってのもある。もちろん、「私の直感は正しかった。こいつはイヤなやつだぜフッフッフ」と確認できる時もある。実物を肉眼で見る、というのはまあそれなりの意味はあるかもしれない。

「じゃあ、ここまで来たことだし、ひとつアレを見てみるか……」鐘の音を聞きながらふとそんな気になった。

梵鐘《ぼんしょう》じゃなくて、打鐘である。打鐘と書いて「ジャン」と読む。奈良競輪場で競輪をやっていた時のことです。

仏像ファンには「京都派」「奈良派」の二大派閥があって（いや、ほんとは他にも「西国派」や「九州派」「東北派」もあるんだけど）、私は奈良派である。奈良の仏像はカッコいいやつが多い。カッコいいのとカッコつけてるのは違う。奈良にはカッコつけ大王の阿修羅という巨頭がいるが、それを反面教師としてか、ハンサムなんだけれどそれにおごることのない、落ち着いたたたずまいの仏像が、ひっそりと棲息《せいそく》しているのだ。だから奈良の、名のある仏像はほとんどぜんぶ見に行ったと言ってもいい。写真でも素晴らしかったが、それだけじゃ満足できなかったのだ。ナマ至上主義でない私をして足を運ばせてしまう力というのが、奈良の仏像にはある。

しかしあの寺だけは行ってなかった。秋篠寺だ！

行けますかいな、秋篠寺になんか。そもそも仏像界では、秋篠寺の伎芸天という、スーパースター級の美形仏像がいて、それ目当ての客（いや参拝者か）がわんさと訪れる名所なのだ。そこにもってきて、礼宮が成人して秋篠宮になってさらに客は増えたと聞く。どんなにいい本だと聞いてもベストセラーになったら買えない私が（これはバカバカしいことだと思います、はい）、そんな有名寺に行けますか。それに写真で見るところの伎芸天というのがまた、阿修羅とタメ張るぐらい気取りまくったイヤなやつなのである。そんなもん見たくもないのである。「私、寺社仏閣めぐりが好きなの。好きな仏像は秋篠寺の伎芸天なの」なんて言う人とはあんまり友達になりたくない。最初はいいけど、ぜったい後々ケンカになる。

しかし奈良競輪場のすぐそばに秋篠寺はある。境内で打鐘の音が聞こえるんじゃないかとか言われているほどの近さだ。競輪も朝からやってぜんぜん当たらないし（いつものこと）、目当ての選手が出てくるのは最終レースだ。なら河岸を変えに（という言い方が正しいのかどうかわからないが）秋篠寺に行ってみるか、競輪のついで、というのが伎芸天にはふさわしいんじゃないか、と思いたって出かけてみたわけだ。あくまで、伎芸天をダメなモノと見ようとする強い意志が感じられる。

それでぶらぶらと秋篠寺まで歩いていったんだが、秋篠寺からちょっと行ったところに海龍王寺というのがあって、これがなんべんも行ったことあるけどいい寺なんだ。仏像もカッコいいのがいるし、何より寺のたたずまいがつつましくてよろしい。近所に超有名寺が林立して超有名仏像が束になってかかってくるのを、静かに眺めて「いいですねえ。うちにもあんなにたくさん人が来るといいんですけど、でもこの狭い家じゃムリですから」と微笑んでる感じ。海龍王寺は奈良の良心である。そんな寺があるとついそっち行きたくなる。それをぐっとこらえて秋篠寺へ足を踏み込む。競輪開催日だからか（関係ないか）境内はあんまり人もおらず、さっさと入ってさっさと伎芸天の前に立った。

「これは…………」

こういう展開からいくと、「実物を見たら伎芸天、すげえ良かった」か「実物を見たら伎芸天、ますますキライになった」か、どっちかの結果になると踏んでいたのだ。

それがどうだ。ジカに見た伎芸天、良くもない、悪くもない、なんともない。なんの感概もない。トコロテンを食べたあとのような仏後感（私の造語ですが）である。なんだこりゃ。そりゃ、きれいな顔をこう、ちょっとかしげて、腰ひねったあたりにイヤラシサなど感じないではないが、それだってべつに目をツリあげて怒るようなもんでもないのだ。ちょっとキレイめの渋い仏像。うそだろー、こっちは競輪の合間に、それなりに力込めて見に来たってのに。「やっぱりヤダネー、こいつ、ぺっぺっぺっ」とツバ吐くか、「まずいよ、これちょっと良かったよ……」とボーゼンとするか、それぐらいのインパクトは欲しかった。「イヤなやつだイヤなやつだと思い込んでた人と会って喋《しゃべ》ったら思いがけずふつうの人で拍子抜け」みたいなもんだ。今までの私の「反伎芸天」の立場はどうなる。なんだよ、私は実は伎芸天に思い入れがあったってことか？　いやそんなことは断じてない。実物を見てのけぞるほどにイヤなやつだった阿修羅なんかにくらべていいヒトだってことはわかった。ならば、「伎芸天ってあれで案外イイんですよ〜」とこれからいろんな人に言ってまわるべきなのか？　しかし私がそんなこと言わなくても伎芸天は充分に人気があるわけで、私のコトバなんかなんの意味もない。じゃあどうすればいいんだ。この私の、持っていきようのない気持ちをどう処理したらいいんだ。ううむ、ナタでプリンをぶったぎるような気分だ。自分だけ疲れてバカみたい。

やけにシャキシャキと競輪場に戻って、テキパキと車券を買って、当たり前のようにハズレて、帰りには必ず買うケーキ屋のケーキも買い忘れて、近鉄西大寺《さいだいじ》駅についてしまった。やっぱり、相当ショックだったようだ。仏像見てこんなにワケわからない気持ちになったのははじめてで、伎芸天はさすがである。ああしかし、このモヤモヤした気分をどうしてくれよう、と駅のホームで考えていてふと思いついた。よし近鉄奈良に行くぞ。近鉄奈良駅のキヨスク……とは言わないか、とにかくホームの売店には変わったものを売っているのだ。それを買う！

「それは『性生活報告』」

なぜ、どうして、駅の売店にそんな雑誌が売ってるのか。キヨスクには豊田行二の企業モノ官能小説文庫本なんか売ってることはあっても、これほどあからさまなエロ本はふつう売ってない。それがなぜ近鉄奈良駅売店に？

性生活報告って、地方都市の駅前商店街にある古くて小さな本屋（本を八百屋みたいに並べて売っている）によく置いてある。そういう店は『薔薇《ばら》族』や『さぶ』や『SMセレクト（スナイパーじゃないのがミソ）』なんかの品揃えが良くて、そして店番やってるのが必ずお婆《ばあ》さん。そういう店でいつも『性生活報告』の昔風な女性を描いた表紙を見ては買いたい買いたいと思っていたのだが、お婆さんに差し出す勇気がなくて買えなかった。それを、今この時にこの勢いで買ってしまおうと思ったのです。競輪、伎芸天ときて性生活報告。序破急とはこのことか。

エロ本を買う時は堂々と買いたい。他に週刊朝日だの、ガムだのチョコレートだの買うと、「こいつエロをこんなもんで隠そうとしてやがる」とか思われたらイヤではないか。だから『性生活報告』も単品で買った。そしてそこで近鉄特急に乗って大阪に帰った。いやあ、なんか変わった一日だったな。

(家に帰って読んだ性生活報告は、大正時代くさい春画とか、白黒のエロ写真とか、明治生まれの人の「母と交わった思ひ出」とかいう手記なんかが載っていた。私の求めていたエロではなかったのでつまらなかった。それ以後一回も買ってないが、たまに読みたくなることがある。でも買うとたぶん後悔すると思う。伎芸天に対しては、その後気持ちも落ち着いて、「まああの仏像、悪くもないが良くもない」という評価が定まった。伎芸天を見ると性生活報告を思い出すのはどうにかしたい)

神々とサンロードの旅

寺も好きだけど神社も好きだ。寺には仏像がいるが、神社に神像はめったにいない。いても秘蔵されてて「六十年に一回の公開」とか「日本が滅びても公開しない」とかふざけたことになっている。たまに「初公開！」とかいうそういう神像の写真を見ると、だいたい仏像よりつまらないルックスだ。顔がぶさいくというのもそうだし、衣冠束帯に身を固めてるやつが多いのもガックリの要因だ。あれはツマラナイ。私は皇太子がけっこう好きだが、成人式とか結婚式であのカッコをするとガックリくる。皇太子だけでなく、歴史の本に出てくる明治時代の偉人の写真なんかを見ても、あれを着ていてカッコイイ人を見たためしがない。みんなコントの聖徳太子みたいになってる。いくら伝統があっても、日本人には似合わないのではないだろうか。

そんなわけで、男好きの気持ちを満足させてくれない神社なのだが、どういうわけだか好きなのです。町中にあるしょぼいお稲荷《いなり》さんとかに心惹《ひ》かれる。井《い》の頭《かしら》公園に「カップルで行くと別れる」というので有名な弁天様があるが、あの弁天様の裏側に小さな社があって、私はずっと「ヘビ堂」と呼んでいて正式名称は知らない。陶器の白ヘビと生タマゴなんかが供えてある。あれなど、私の考える理想の神社だ。愛読書である『東京二十三区区分地図』の文京区の頁を見ていてふと見つけた鳥居のマークを訪ねていったらあった神社もよかった。湯島のラブホテル街の真ん中にある、敷地四畳半ぐらいの神社。大久保にある皆中稲荷神社というのもいい。いいって言ったってぜんぶ名もない神社だ。町中に、ぽっと、狭くてじめじめしていて薄暗い場所があって、そこに小さなお堂（神棚ぐらい小さくてもいい）があるというのが、どういうわけか胸を締めつける。下半身すらじーんとする。ハンサムな仏像見ても胸（や下半身）なんか締めつけられないので、私はほんとは男よりも閉所とかしけた場所のほうが好きなのか。

　といって、有名神社、大きな神社を拒否するものでもないので、メジャー神社を訪ねる旅もする。天河大弁財天にも、熊野本宮にも伊勢神宮にも行った。あっ、靖国神社にはまだ行っていない。熊野に行った時は、中上健次がなんであれほど紀州熊野に固執するのかがよくわかった。とにかく遠いんだ。日本でいちばん行くのがタイヘンな場所が熊野だ。あんな不便な場所に生まれて育ってしまったらこだわりたくもなるだろうと思った。その後、中上さんの紀州モノを読むと、「アンタねえ！　オレなんかあんな不便なとこで育ったのよ！　わかってんの?!」という怒鳴り声が聞こえてくるような気がする。ま、そんな単純なことじゃないんでしょうが。

出雲大社も行った。

ついでに八重垣神社と神魂神社も行った。神魂神社は、けっこう大きな神社なのに、とにかく人っこ一人いないのがよかった。私の大好きな神社の一形態で、木彫りの大きなおちんちんなどを祀《まつ》ってある神社というのがあり、八重垣神社にはおちんちんの飴《あめ》を売ってたのでよかった。しかし、食べてみると、形態を売り物にする飴にありがちなまずさなので、どうにかしてもらいたいと思った。ミルキー千歳飴のように、ミルキーおちんちん飴をつくってもらうといいと思うのだが、不二家がダメだって言うか。

出雲大社はデカかった。大きくて、建物の古び方なんか感じがよいのだが、どうも雰囲気があっけらかんとしててなあ。敬虔《けいけん》な気持ちになりたいから神社に行くわけじゃないが（そりゃそうだ。湯島のラブホテル街の真ん中の神社で敬虔も何もあったもんじゃない）、それが趣味じゃない神社だった場合、せめて雰囲気で圧倒してくれたりすると嬉《うれ》しいわけである。伊勢神宮なんかそのへんはぬかりがなかった。でも出雲大社はダメだった。

しかし出雲の街はよかった。おいしい蕎麦《そば》屋があったし、泊まったのがとんぼ旅館という、名前だけで決めた旅館だったんだけど、まったくなんの特徴もない街中の旅館で、私は前々から、道を歩いているとふと出現する商人宿みたいな旅館に泊まってみたいみたいと思っていたので、まさにそういうところに泊まれたのでよかった。ああいう旅館に泊まると、そのへんの人の家に泊めてもらってるみたいで、豪華旅館やホテルに泊まるよりもずっとへんな気分でいいのだ。

そして、いちばんすごかったのが、出雲の街のアーケードである。

『サンロード』

というのがどーんとある。

それを見た瞬間、目眩《めまい》に襲われた。「なんだこれは？　ここはどこだ？」

東京の吉祥寺にサンロードというアーケード街がある。アーケード愛好家の私にとっては、たいへんつまらないアーケードである。こぎれいでみょうに広々していて、見るべきところは一つもないと言っていい。同じ都会にあるといっても中野駅前にあるアーケードなんかは、ちゃんと怪しげでよい。口だけが見えていて、その奥はワケわからないモヤモヤ、というのがアーケードの醍醐味《だいごみ》である。吉祥寺のサンロードはとにかくダメだ。

で、出雲のサンロード。

吉祥寺のサンロードとまったく同じ。

あ、今の吉祥寺のサンロードではない。今から三十年ぐらい前にできた、初代サンロードだ。入り口のところの飾りがまずまったく同じ。アーチ型のニセステンドグラスみたいな飾り（見るからに安物。でも当時はけっこうすごかった）から、サンロード、というロゴもまったく同じ。中の店にも一つ一つ、フォーマットの決まった看板というかあんどんというか、そういうものがくっついていて、それも初代サンロードとまったく同じ。

それで、人通りと店は田舎アーケードそのもののさびれぶり。

猿の惑星の、砂漠に自由の女神が埋もれてるラストシーンを思い出した。「吉祥寺に昔から住んでて昔のサンロード知ってる人、ここに来て、これを見ろ！」と叫びそうになった。もう、誰かに教えたくて教えたくて、じっとしてられなくなったもんだ。

たぶん、出雲商工会青年部かなんかが吉祥寺に視察に行き「アレはええのう。ウチとこもアレにしようや」で「サンロード導入」となったのであろう。しかし、こうまで同じ看板、同じ入り口、いったいどこで注文したのか。サンロードつくったアーケード屋に「アレと同じの頼むで」って注文したのか。吉祥寺の型紙（？）が残ってたからそれを流用できたので割安でよかったとか。あるいは吉祥寺のメンテナンス用で倉庫にとっておいたのをそのまま使ったか。それともどこかに、アレだけをつくる〝サンロード屋〟があるのか。サンロード専門店。

出雲サンロードが今でもあるかどうかはわからないが、もし残ってるとしたら（あの古び方薄汚れ方は危ういものがあるが、たぶん残ってると思う。アーケードリニューアルをする気力はなさそうだった。なくなってるとしたら、道ごとつぶれてると思う。立ち退きとかで）、吉祥寺のサンロードの昔のやつを知ってる人はいっぺん見に行ってみてほしい。ほんと、目眩がして、足元がぐにゃぐにゃになるような気分を味わえる。猿の惑星のコーネリアスの気分。あ、コーネリアスは猿のほうか。チャールトン・ヘストンの気分か。

……ここまで前置きというのもすごいが、出雲サンロードと同じような気分を味わえる場所を、私はもう一つ知っている。それが書きたかったのである。

中野のブロードウェイに明屋《はるや》書店というのがある。売場面積はそれほどでもないが、雑誌はいろんなのを売ってるし、小説もノンフィクションもサブカルチャー関係の本も、私が「押さえておいてほしい」と思う本はだいたい押さえてある、いい本屋さんだ。東京にいる時はちょくちょく通っている。

ここの本屋のもう一つの特徴は、書棚の至るところに、店員さん直筆の「オススメ本短冊」みたいなのがぶらさがっていることだ。

そういうのは『POP広告』的な丸文字のビラがふつうなのに、明屋書店のそれはそういうものではない。こんなこと言っちゃいかんが『ゆきゆきて、神軍』の奥崎さんが家の塀から壁からシャッターまで「田中角栄を殺す！」とか書いてるような、ああいう「目をぐるぐるにしたオッサンが力込めて書いた」というテイストを感じるものである。まあ、「馳星周期待の新刊」とか書いてあるだけなのでアブナイ感じはないが、あの短冊はちょっと変わってると思う。

競輪と温泉の旅で松山に行った。競輪場のつぶれかけた動物園のようなたたずまい（い、ということです）や、道後温泉のスナック街（二階で、座布団しいてホンバンやらせてくれるような店が並んでいる）も心に残ったが、いちばん喜んじゃったのが、松山のアーケード街にあった（松山のアーケードはよかった。広くて長いがちゃんと怪しげな雰囲気も残っていて最高である）明屋書店だ。

明屋って、松山にもあるんですね。というか松山が本店？　とにかく看板の文字から何から中野の明屋書店と同じだ。旅先で、思いがけず自分の好きな本屋、それも紀伊國屋や丸善じゃないマイナー本屋を見つけるってのはウレシイもんだ。

それでさっそく踏み込んでみたら、

「ここもか！」

店中、短冊がぶらさがっている。

これが明屋書店のポリシーか。

しばらくそれを見て喜んでたんだが、しばらくたってふとヘンな気分になってきた。

「この短冊の文字、……中野と同じじゃないのか？」

両方とも、奥崎さん宅の看板みたいな、……明らかにPOPじゃない、オヤジが目をぐるぐるにして書いたような字。

「社長が書いてるのか？　東京と愛媛を往復して」

まさか。しかしそれぐらいのことはやるんじゃないかというような、本に対するイレコミを感じる字なのだった（たぶんよく見れば筆跡は違うだろう。でも字の種類はぜったい同じなんだ）。松山に住んでる人も、東京に来たらぜひ中野の明屋書店に行ってみてください。出雲サンロードほどじゃないが、なんともいえない気分になれます。

競輪で負けたあと、短冊の明屋書店でふだん買わないような、郷土料理紹介の本なんか買って（つまらなそうだと思って買うと、ほんとにつまんないんだよなあ、地方の郷土料理紹介本てのは。でも旅先ではそのつまらなさがよい）、道後温泉にある神社（田舎だから敷地は広いが、薄暗くてじめじめしてていい。たいへん気に入った）の境内なんか歩いていると、道の向こうにスナックの紫色のあんどんがぼ〜っと灯《とも》ってるのが見えたりして、ああこういうのはたまらんなあ。何がたまらんのかはぜんぜんわからないが、こういうのが私のささやかな幸せだな。

聖地巡礼の旅

「ひとめぼれ」というコトバはもう手垢《てあか》にまみれきっていて、マジメな顔してそんなこと言ったら「ぷっ」とか笑われそうなもんであるが、でも一目惚《ぼ》れってのはやっぱりあるものなのである。

と、言いつつ私にはそういう経験はない。ちょっと前までは「ローリング・ストーンズのキース・リチャーズの写真を『ミュージック・ライフ　ストーンズ来日直前特集号（ミック・ジャガーの麻薬問題でぽしゃったやつ）』のグラビアで見た瞬間一目惚れに陥った」と言ったりしてたのだが、よく考えてみればその時「このヒト、けっこうイイかも。こういうヒトを好きになるっていいんじゃないか」と考えたのがハッキリと思い出される。打算である。打算って、何かトクがあるとみて踏み切る行動のことだと思うが、いったいキース・リチャーズを好きになることにどんなトクがあるのか。どちらかといえば失うもののほうが多くはないか。まあ何にせよ、損得勘定が入り込んだ時点でそれは純粋なものじゃなくなり、一目惚れとは認定されなくなる。

一目惚れしてしまったら立場が弱くなる。恋愛に限らず、人間関係は「いかに自分の思い通りに相手を操作するか勝負」というようなところがあるが（イヤだなあ）、会ったとたんに、なんて最初から白旗掲げちゃったようなもんだ。相手に「すみません負けましたゆるしてくださいあなたの言いなりになります」と土下座してるんだから。

一目惚れ小説といえば『照柿』である。合田雄一郎がいきなり惚れる。あれはよくわからない。いや、高村薫の気持ちはよくわかる。合田ってやつはアタマよくて顔もよくて可愛くて何もかもいい男なのに（だからこそ、か）イマイチ面白くない。そのへんを高村さんが気づかぬはずはなく、「ここはひとついきなり平身低頭させる。ドロまみれにする！」と思ったに違いない。ただの想像ですけど。でも合田の一目惚れは、高村さんの筆力を以《もっ》てしても「なんで？　ホントなのか？」感は拭《ぬぐ》えなかった。これは高村さんが合田に一目惚れしちゃってるからだと思う。支配なんかできるわけがない。いくら「ムチャクチャにしてやる！」と思ってもペンを持つ手……いや高村さんはワープロか、ワープロを叩《たた》く指がへろへろになってしまうのに違いない。ただの想像ですけど。

そもそも、恋に落ちる描写ってのは難しいのだ。どんな小説を読んでも、そこに来るといきなり「おハナシ」を読まされてるということを思い出さされてしまって興ざめだ。こうなると『マディソン郡の橋』なんかはどうなのか気になる。まったくしょうもない一目惚れシーンでも、逆にみょうにうまいこと書いてあったとしても、どっちもナサケナイような気分になりそうだが。

中島らもの『僕に踏まれた町と僕が踏まれた町』には一目惚れシーンがある。中島らもが高校時代、同級生のイトコの女の子の写真をふと見て、

「これ、誰？」

「あ。それはいとこのペコちゃん」

「ふうん」

この瞬間、僕は不意をつかれたのである。

私にはそんな体験はない。しかしまるで自分が中島らもになったように、これを読んだ瞬間、私も不意をつかれた。

ああ一目惚れってのはこういうことか。

不意をつかれるのか。キース・リチャーズなんてのはまるっきりウソッパチだ！　だん

なと最初に会った時もこんなふうにはならなかった。そりゃあだんなは愛しているが（何を言っているのか）、それとこれはまったく違う。

でも、これはしょせん他人のおハナシだ。それでこんなにドキドキするのに、これが自分のことだったらどうなるんだろう、とその時ちょっと思った。

その頃私は京都に住んでいて、毎日毎日やることもなく、近所の餅《もち》菓子屋で豆大福を五つずつ買ってきて、それを食べながら一日中テレビを見ていた。

サンテレビだったと思う。神戸のローカル局なので、京都だと受信状態がよくない。画面全体に霧雨が降ったようになる。やることのない毎日には、そういう画面がみょうに気持ちいいから、毎日それぱっかり見ていた。

その日、夕方の時代劇再放送かなんか見ていると、いきなり競輪のCMが流れた。西宮《にしのみや》競輪場のCM。次開催の有力選手、計六人がぱっぱっぱっと画面に映し出された。最初の三人ぐらいは知ってる顔だった。「ふうん」と思いながら見ていると、六人目に知らない人の顔が出た。

「これ、誰?」

「岡山、三宅伸（テレビの声）」

「ふうん」

この瞬間、私は不意をつかれたのである。不意をついたCMの男の顔はというと、他の選手がみんなバストショットで真面目、あるいは営業スマイルみたいな写真だったのに、その男だけ、テレビのフレームいっぱいに顔面があふれているという、トリミング間違えたような写真で、その顔は大きな目をタレさがらせてニマニマ笑っているのだった。

この男の顔は私の今までの「タイプ」とはまったく違っている。しかし「タイプ」男には不意をつかれることはなかった。思わぬとこから出てきた男に不意をつかれる。そういうもんなのか。

私は「あっ、これは中島らものあれだ」と思った。

中島らもはあの四行のあとにこんなことを書いていた。

熱に浮かされたようになって、身のまわりのことの何ひとつ手につかないのである。

それはほんとだ。ほんとにそういうふうになる。よくわかった。夜は寝られないし、昼はぼんやりしている。それはまあそれまでの日常もそうだったとはいえ、晩ごはんなんかまったくつくる気がなくなったのはまずい。なら痩《や》せるかというと、袋菓子ばかり食い散らかすので体重は増加するのである。

　夫ある身でこれはまずいと悩み、それでまた胸が痛くなったりもしたのだが、この状態は半月もしたら収まった。まあ、そんなものである。その後は、その競輪選手を主人公にした小説など書いたりして満足するという幸福な生活である。それにしても「タイプ」の男（スポーツ選手やバンド男）はオッカケても情熱が持続するのが最長一年半だったというのに、この人の場合はもう五年も保っていて、やっぱり一目惚れってのはすごい。

　それで私は熱心な競輪ファンになり、三宅伸見たさにいろんな競輪場を巡りはじめたわけだ。競馬だけだったのが競輪も加わって日本中に「行くべき場所」がいっぱいできたのである。これは楽しい。

　まず、何をおいても行くべきは玉野《たまの》だ。

　キリスト教徒がエルサレムを目指しイスラム教徒がメッカを目指すように、競輪選手のファンはその選手のホームバンクを目指す。ホームバンクというのはつまり、その選手の地元で、いつも練習とかやってる競輪場のことです。それが三宅伸の場合、岡山県の玉野競輪場というところだ。

　玉野なんて競輪やってなかったら一生知らない地名だったかもしれない。玉野というより、宇野《うの》という名前のほうが通りはいい。宇高連絡船の宇であるところの、宇野だ。宇野港に宇野駅があるのに、市の名前は玉野で、競輪場も玉野。よくわからない。大阪と梅田の関係みたいなものか。大阪ほど大きな町でもないのに、とても紛らわしい。

今でも宇高フェリーはちゃんと走ってるんだが、なにしろ瀬戸大橋ができてマリンライナーが通っちゃったもんだから、宇野港および宇野駅はほぼ盲腸化して、フェリーに乗っているのは長距離トラックおよび運転手、そして宇野から高松へ競輪と競馬やりに行く客帰る客、高松から宇野へ競輪やりに行く客帰る客、ぐらいしか乗っていない。はっきり言ってたいへんさびれている。高松は県庁所在地だしマリンライナーも来てるからいいが、宇野は町自体どうなっていくのか。炭坑がなくなって夕張市《ゆうばり》がさびれている、という話を聞いたことがあるが、夕張にはメロンがあるからいい。玉野は何もない。いくら地方都市のアーケード街が好きな私でも、玉野の街のアーケードは、「ただ日差しをさえぎって薄暗くするためだけの屋根がついた道」で、その屋根の下の店々は、原生林の下草みたいにしょぼしょぼと倒れたり枯れたり腐ったりしているのだ。

「いや、ほんとうのメインストリートは別にあるはず……」

と信じているのだが、まだそれは見つけていない。大きなスーパーやホームセンターとかあるらしいのだが……売場面積十坪とかのスーパーだったりしたら……。見つけに行かないほうがいいかもしれない。

その宇野の駅前から無料バスで約十分、小高い山の上にあるのが玉野競輪場だ。客席からは瀬戸内海が見える。そこには名前も知らない小さな島々が点在している。春は、透き通った水色、透き通った若葉色の風が気持ち良く吹きぬける。たいへんいい雰囲気だ。衛星放送の競輪専門チャンネル（そんなもんもあるんです）で玉野競輪場の紹介番組を放映した時（そんな番組もあるんです）、「日本一風光明媚《めいび》な玉野競輪場。玉野を見ずして競輪場を語るなかれ」とまで言っていた。まったくもってその通りだ。しかし競輪場に風光明媚は必要なのか。ホメるところがそれしかないんじゃないのか。活気がないのをゴマかしてるんじゃないのか。

競輪場に客は少ない。すいている競輪場というのはなんとも哀愁にあふれるものだ。悲しげで、かつナゲヤリ。そんな中でぽつんと突っ立っていると、競輪場の存在意義、のようなものをしみじみと考えさせられる。なんの目的でこんなでっかいコンクリートの皿みたいなもんをつくったのだ。そんな皿の中を自転車に乗った男がシャーと走っている。彼らも私も、いったい何をやってるんだ。

それでまた、玉野競輪場の施行者（と、競輪の場合主催者をそう呼ぶ）が何を考えてるんだか、寒くてすぐ日も暮れるような季節に競輪場でいちばん大きなレースをやるのである。三宅伸は玉野競輪場の誇るスター選手であるから（ウソではない）、その大きなレースの時は必ず走る。

しょうがないから毎年、年末だがまだクリスマスやお正月の華やかさからは遠いどうしようもない時期に、玉野競輪場まで出かけていく。すごく遠い。寒い。潮風が骨身にしみる。そしてこれは自分の責任だが、車券がまったく当たらないもんで気持ちもしょぼくれてくる。これは自分の責任じゃないが、肝心の三宅伸が早々に負けたりすると、気持ちもさらにしょぼくれる（これは私の責任じゃないが、三宅伸が悪いわけでもない。競輪というのは、優勝するのがすごく難しい競技なのだ。競輪に限らない話かもしれないけど。でも優勝ばっかりしている競輪選手もいるので、三宅伸にも多少の責任はあるかもしれない）。最終レースが終わればとっぷり日も傾いている。競輪場というのはレースが終わってしまうと人がハケるのがものすごく速い。数少ない「最終レースを当てて払い戻しに並んでいる人」も、ふと見ると全員いなくなっている。競輪場に来る時はみんなあんなに嬉《うれ》しそうなのに、終われば脱兎《だっと》のごとく去る。たぶんイヤな目にあったのだろう。気持ちはわかる。

私はといえば、もちろん払い戻しに用があるわけなどない。ただ漫然と場内にいたら掃除のおばさんに追い出され、それでもぐずぐずと競輪場のまわりを歩きまわる。選手宿舎が裏口のところにある。選手は三日間の競走中ずっとカンヅメにされていて、会うことなんかできない。最終日は選手も帰るから「出待《でま》ち」という儀式も発生するのだが、その日は初日なのである。宿舎の窓は「外部とは目線ひとつ合わす気はありません」とばかりにカーテンやブラインドがピッとひかれている。たまに便所とおぼしき小窓に、おしっこしてるとおぼしき人影が見えることがあるぐらいだ。

しかし、そんな人影でもいいから見たい、と思って裏口あたりを三十分ぐらいうろうろする私。三宅伸については、便所の小窓の人影ででも判別ができる！という自信があるので（特徴的な体型なのだ）、ぶらぶら歩きながら目は選手宿舎の窓を注視する。そのうち日はますます暮れてきて、やがて「はっ」となる。三宅伸の便所の人影を見たからといって何になろう。

そのへんで諦《あきら》めて宇野駅まで帰ろうとすると、無料バスはもう終わっている。路線バスなんか走ってる気配もないし、タクシーもいない。空はもう真っ暗だ。目の前に延びているのはひたすら淋《さび》しい下り坂。ほんとうにイヤになる。うちの近所に、冬、寒い思いをしているだろうに自分で自分の毛を抜いてハゲになっている猫がいて、私は玉野で真っ暗な道路に取り残されると、この猫のことを思い出すのだった。

私は玉野に行くたびに「もう三宅伸の追っかけなんかやめたほうがいいんじゃないか」と思うようになってしまった。聖地巡礼というのは、それほど身を削る行為なのである。

しかし信者である限りそれをやめることはできないのだ。業なのだ。

ま、それほどたいしたことでもないんですけど、寒くて暗い、まったく風情のない道を三十分ぐらい駅まで歩いていくのはナサケナイ。ついた先が繁華街ならまだいいが、ついた先は宇野の街だ。原生林の下草だ。駅前には人けも店もない。宇野港も暗い。海の上の漁《いさ》り火《び》のほうが地上よりも明るいぐらいだ。……それは言いすぎだ。しかしそう言いたいぐらい宇野駅前は暗いし、競輪場帰りの私は弱っているのだ。商売というのは、スキマを狙えと言う。だったら宇野の駅前は大いなるスキマだ。誰かうまいケーキ屋でもつくってくれないものか。でなけりゃ、いい本屋。

実を言えば、駅のすぐそばに本屋が一軒ある。

駅前がさびれていて人もいない。だからたぶん客も少ないとは思う。客が来なけりゃ仕入れに力が入らないのもわからんではない。しかしこの本屋の品揃えは何だ。日本全国津々浦々、いろんな本屋を知ってるほうだと自認するが、この本屋ぐらいヤル気も何も感じられない店はない。本日発売の本にうっすらホコリがかぶっているような、このよどんだ空気はどうだ。今時コンビニだってもっと「本を売ろう」という気概を感じる。

〝もう終わった本屋〟というのは、私はキライではない。お婆《ばあ》さんが店番してて三カ月前の月刊誌を売ってたりする。軒が傾いていて明かりは裸電球。そういうのはイイのだ。そうじゃなくて、イナカのバイパス沿いのギフトショップみたいなインテリアの店で本棚がスカスカしてたりすると最低である。どんな本だって雑誌だって、パンフレットだって菓子折の中の菓子の由来書だって喜んで読む私が、そういう本屋だと「買うモノがない……」と立ちつくしたりする。

しかし弱っている私は、宇野駅前のその本屋にふらふらと足を踏み入れてしまうのだ。漁り火に吸い寄せられるイカのように。何もないことはわかっているが、どうしようもない。これから長い時をかけて帰らないといけないので、本でもなかったらやってられんのだ。でも弱ってる時にしょうもない本を読むとますます体は弱るんだが。

そういう時に仕方なく買うのがパソコン雑誌だ。私はマック・ユーザーなのでウィンドウズマシン用のパソコン誌を見たって、何ひとつわからないのである。ウィンドウズってのはビル・ゲイツがマックの真似《まね》してつくったんだろう。それなのにほんとに一つもわからない。似ても似つかない。しかし、競輪選手の間でソニーのバイオが流行《はや》っていると聞き、ウィンドウズ陣営のパソコンについて研究しなければいけない、という使命感にかられ、重いパソコン誌を買い込んで（いちばん重いパソコン雑誌は『インターネットマガジン』だ。いいかげんにしてくれ）、フェリーに乗るなり電車に乗るなりするのだ。

高松に帰るフェリーも、岡山に帰る宇野線も、「ホントかよ」と胸ぐらつかんで問い質《ただ》したいぐらい座席客席が暗い、が、もうアキラメている。座席が硬いのももう慣れた。窓の外の瀬戸内海も、岡山の名も知らない町もどうしようもないほど真っ黒け。そんな陰気な船や列車に揺られながらワケのわからないパソコン雑誌を読んでいると、小学校のバス遠足以来の乗り物酔いとかに襲われて最悪だ。

しかし、そんなメにあいながら、私は毎年のように玉野へ出かけるし、「もうやめよう……」と思いながら帰りの電車でパソコン雑誌読んでいると、なんともいえない安らいだような気分になったりしている。これがクサレ縁というものか。真夏の暑い日なんかに、ふと「ああ、早く冬になって、玉野に行きたい。競輪場に行って、あの本屋に寄りたい。帰りの船で、泥のように疲れながら、パソコン雑誌読みたい」と思ったりするのだった。

やっぱり、一目惚れってのは、たいしたものなのだ。

主婦の旅ぐらし

武生《たけふ》編

けっこういろんなとこに旅をしているほうだ。

まあ、旅行といっても、海外に行くわけではなく、国内でもディズニーランドとかメジャーなリゾートとかには行っていない。

どっちかっていうとさびれたところのほうが好きなのです。

たとえば、自分の住んでいる街の、駅のそばの裏道に、木造モルタル二階建て、ごくふつうの家みたいな構えの「旅館」とか「旅荘」なんてのがあったりする。私は昔から、ああいうのに異様に憧《あこが》れていた。

中に入ってみたい。すごく泊まってみたい。きっと、風呂《ふろ》なんかも家族風呂みたいなやつで、晩ご飯もシャケのフライとキャベツの千切り、冷凍マグロの刺身とアサリの味噌《みそ》汁とかだ。部屋にはサッシ窓と、ぶよぶよした網戸がはまっていて、窓を開けると隣の家のモルタル壁しか見えなくて、エアコンの室外機から温風や水滴がガーガーぽたぽた出ているのだ。

すべて想像である。しかし想像すればするほど「そういうとこに泊まりたい」と思った。

他人の日常に入り込んでしまうようで、夢見るような旅行ができそうではないか。

（でも、実際、他人の家に泊めてもらうのは気づまりだから好きではない。トイレの使い方とか風呂の使い方などに気を遣わされる。どういうわけだか、私が風呂を使うと天井まで水びたしになる。体なんかほとんど洗ってないのにどうしてだろう。トイレでは、トイレットペーパーの切りクズみたいなのがすぐトイレの床に散らばるし。ただちぎってるだけなのに。まあそれは拾えばいいとして、トイレに便座カバーがしてあるとイヤ。座ってヒヤッとする硬い便座じゃないとダメだ。タオル素材の便座カバーつき便座に座ると、座布団の上におしっこしているような不安感がある。あれがイヤなので人んちに泊まるのはイヤだ。それに、その家を辞した後、その家の人に「あの人、お風呂水浸しにしちゃって、もうちょっとどうにかならないかしら。フトンだって、そのままでいいって言ったらほんとにそのままだし」とか言われているんじゃないかと思うと気も休まらない。しかし風呂はどうしても水浸しになるし、フトンはたたまなくていいと言われたら「たたむとかえって悪いだろうか」と思ってしまいたたむことができない。とにかく人んちは疲れる。なら、もうちょっとビジネスライクに他人の家に泊まれるシステムであるところの「民宿」はどうかというと、あれにはどういうわけかあまり夢が感じられない。なんでだろうと考えてみると、私が泊まったことのある民宿のテレビは百円玉を挿入する式のものではなかったからだということに気づいた。ふつうの家みたいに、ふつうにテレビが置いてあってタダで見られた。その点、安い旅館のテレビは確実に百円玉挿入式だ。人んちみたいでありながら、テレビは百円玉挿入式という、そのアンバランスさというか非現実性というか、そのへんが私にとって重要であるようだ。とにかく「駅裏の、家みたいな旅館」を私は愛しているのです）

その夢を、大人になってカネも使えるようになったので果たしている、という感じだ。

行く場所は、終わった温泉、競馬場のある街、競輪場のある街、劇場のある街だ。だいたいは地方の小さな県の県庁所在地か、ＪＲの特急が停まるぐらいの土地である。アーケード街があるがすっかりさびれきっており、ケーキ屋ではいまだにバタークリームのケーキが主流、というような街が大好きなのだ。ＪＲの特急はなかなか懐が深くて、私好みのサビレ街などにもきちんと停まってくれるので好きである。

私の愛する駅前旅館というのは、未知の土地にあるものを探すのはけっこうたいへんで、『全国宿泊表』の旅館名の羅列の中から「これはソレっぽい」とアタリをつけて予約して出かけていくとけっこうちゃんとした旅館だったりして落胆することが多い。やっぱり、よく知った街でないと「コレ！」という駅前旅館はなかなか見つからないな。私が生まれて四十年にわたってアコガレ続けている駅前旅館は、母親の実家の地であるＪＲ信越本線直江津《なおえつ》駅前にあった「岩田屋旅館」というところなのだが、直江津ってとこ自体もう何十年と足を踏み入れてないので、岩田屋もうなくなっているかもしれない。

この秋は福井県に行きまくった。福井県の武生（たけふ）ってところ。JRの特急が停まる街だ。

秋になる前、真夏にもいっぺん出かけて、その時がはじめての武生だったんだけど、北陸本線の特急を武生駅で下車して、駅前に出た時に、駅前のメインストリートだというのに人影というものが一つも見えなくて、かんかん照りの下でジョワジョワジョワジョワとセミの声だけが聞こえている。「……もしかして中性子爆弾が落ちたあとの土地にやってきたのだろうか私は」と思ったぐらいとにかく人っこ一人いない街で、恐怖にかられて駅前のスーパーに入ったら人はいっぱいいたので安心したということがあった。とにかくものすごく暑い日だったのでみんなスーパーに避難していたらしい。たまたま猛暑だからそうだったのだ。

と思って、秋に出かけてみたが、涼しくなってもやはりメインストリートにはあんまり人はいなかった。武生に行った人はことごとく「何にもない街ですよ」と言ってたが、私には「雁木《がんぎ》のついた商店街が延びていて、名物が蕎麦《そば》でやたらと蕎麦屋があり、なぜか和菓子屋もやけにあり、道行く人はほとんどいない」という状況は充分「私を満足させる、満ち足りた街」だ。みんな、何もわかっていない。

なんべんも行った「私の好みの街」というと、岐阜とか、帯広とか、福山とか、鳥栖《とす》とか、徳島とかある（日本全国飛び回ってカネがあると思われる方もいるかもしれませんが、うちは全国に転勤していろんなとこに住んでいるので、その時、近いとこに行くのであんまりカネはかかっていない）。その中で、新参者である武生はいきなり「ものすごい好みの街」として先頭に立った。

なんで武生に通いはじめたかというと、オッカケである。

四十すぎてからかかるハシカは重いという。まさにそれを実感する。四十すぎのハシカは重さのあまり死ぬこともあるそうだ。007は二度死ぬそうですが、私もすでに死んでると思う。いっぺん死んで、今は死後の世界だと思う。地べたに足がついてない。足はなくなっていると思う。幽霊として生きるってこういうことか。

レビュー劇団の男役スターに恋をしてしまったのです。

というと「宝塚か」と言われるので「ちがう」と答える。すると「宝塚同好会みたいなやつか」と訊《き》かれる。シロウトの人が男役のカッコをしてキラキラの衣装を着てミュージカルやショーをやる劇団がこの日本にはいっぱいある。でもそれでもない。

OSKというものです。

水ノ江滝子や倍賞美津子（どっちも古いが）がいたのがSKD（しょうちく・かげき・だん）で、京マチ子や笠置シヅ子（どっちも古いが）がいたのがOSK（おおさか・しょうちく・かげきだん）。八十年の歴史がある。しかしこの劇団の歴史というか紆《う》余《よ》曲折を語ると、親会社が変わったとか解散したとか存続運動があったとか市民歌劇団になったとか劇団員がやめたとかやめないとか、すったもんだ山アリ谷アリ山アリ（山でシメたい）いろいろあるのだが、ここでは。とにかくOSKという劇団は現在も存在していて、現実にスターはいて、歌ったり踊ったりしているわけである。

その劇団の、男役スターに恋をしてしまい、はじめのうちこそ「彼は舞台の上のヒト。遠い遠いヒト。ブラウン管の中のヒトと同じぐらい手の届かないヒト」だと思っていたから、ハシカといっても「ちょっと熱が出た」って程度で済んでいた、のだ、が。

ファンサービスがすんごくいいヒトたちなんですよここの劇団のヒトたち。

だもんで、ちょっと出口で待ってみたらニコヤカにあちらから寄ってきてくださり「一緒に写真撮らないの？」とかなんとか……みぞおち殴られたようなショックだった。一緒に写真撮ったら撮ったで手を「スッ」とこっちの腰に添えてくれたりして。私は完全に勘違いの境地に入った。今では、香取慎吾でもジョニー・デップでもヨーヨー・マでも（人選に深い意味はありません）すぐ会えると思う。今んところ会いたくないので会ってないが。

とにかく男役スター様は、素顔も美形、男役化粧姿も美形で、水もしたたるという形容詞があるが水じゃなくて油のしたたるような濃さがあり、しかしいくらその油をゴクゴク飲んだってもたれないんだ。彼（女）のあまりの美しさカッコよさに、私はいっぺん死んだ。死んだおかげで肉体が滅んだものだから、七十五キロあった体重が今や五十七キロである。一の位と十の位の数字が逆転である。五十八キロになると、一の位と十の位がふたたび逆転した時に八十五キロになってしまうので、気をつけないといけない。

ムリにダイエットしたわけではないのだ。彼（女）のことを考えるとゴハン食べなくてもよくなっちゃうのだ。で、考えてるだけでいてもたってもいられず動きまわる。ガラすきの電車に乗っても座らないで足踏みとかしている。たまに彼（女）にお会いできる機会があると（ジョニー・デップにもすぐ会える私だが、彼のほうがもっと会える機会は多い）コーフンしてますます痩《や》せる。彼（女）にふさわしい人間にならなければならない、という信念が生まれ、彼（女）の出ているビデオを日がな一日眺めているので、家の中は段ボールかすのようなものがうっすらと散りつもっているという状態（うちは、家の中が荒れてくるとこの段ボールかすみたいなものが出現する。これが出たら「ああ荒れはじめたな」とわかる仕組み）になっているが、彼（女）のことを研究するためなので仕方がない。キュリー夫人だって、ラジウム発見するまでは家の中も相当荒れたらしいし。そんなふうに彼（女）のことを考えない時は一時間としてない、という日々を、今現在送っている幸福な私です。

その彼（女）を擁するOSKが、二十年来地方公演の場としているのが福井県武生市の『たけふ菊人形』なのであった。

彼（女）はトップスターとしてそこに行き、幕間《まくあい》には舞台から降りて客席トークまでしてくれるというではないか。

行かないわけにはいかない。というか、行かなかったら死ぬ。また死ぬ。

それで、十月アタマから始まる菊人形の下見に真夏に武生に出かけ（自分でもよくわからない行動）、十月に入って満を持して武生に乗り込んだ。

「カ――――――ン！」

と、いきなり脳天に衝撃が。

いや、それは、スピーカーの真横にいて、オープニングの「チョーン！」という拍子木の音がまた大音量で、音波が鼓膜を直撃しただけだ。

古い小学校の体育館のような、古い映画館みたいな、古い銭湯みたいな、そこは劇場であった。

私はさびれた遊園地とかさびれた動物園が大好きで、誰も乗っていない遊具がキコキコと錆《さ》びてきしみながら回っていたりすると胸がドキドキしてくる。

今はもうなくなってしまったが、大阪の南のほうに『玉手山《たまてやま》遊園』という遊園地があった。そこがつぶれる一カ月前ぐらいにたまたま出かけていって、まさか来月つぶれるなんて思いもせず行ったのに、これは早晩つぶれるとわかった。いや、すでにもう実態は死体状態だった。

誰も乗ってない遊具がほんとにキコキコきしんでいて、小さな体育館みたいなところに、スーパーのゲームコーナーみたいなのがあるのが「もっとも多くの客（五人ぐらい）を獲得している」。そのゲームも、もう十年前ぐらいに仕入れてそれっきり、みたいな機械ばっかだ。セロファンで包んだラムネを取らせるクレーンゲームや、ひしゃくで玉をすくって穴に入れると見たこともないメーカーの水っぽい味のキャラメルが出てくるゲームとか、とにかくそこにあるものはすべて死んでいた。植物園に行ったら植物がぜんぶ枯れていた、というような感じであった。もちろん、私はそういう場所は大好きだ。

その劇場のある場所は、さびれているということはまったくなかった。ものすごくたくさんの人がつめかけていた。『たけふ菊人形』というのをやっている会場である。駅前の通りにほとんど人がいないのは、みんなこの菊人形の会場に来ちゃってるからじゃないのか、と思うぐらい、平日の昼間でもたくさんの、本当は会社や学校に行ってなきゃいけないんじゃないかというような人がいっぱいいた。そのへんの人は年に一度の秋の菊人形しか楽しみがないから来てるんだろ、と失礼なことを言った人があったが、この娯楽多様化の時代に、いくら福井県武生市だからって「菊人形しか楽しみがない」はずがなく、何か不思議な吸引力がそこから発していたとしか考えられない。

会場は、ただただだだっぴろい広場で、いろんな色の菊の鉢がずらりと並べてあり、小さな体育館みたいな場所があってなぜかそこでは書道展とかをやっており、巨大なビニールハウスみたいなところに佐々木小次郎と宮本武蔵であるらしい人形がギョッとしたような顔で全身菊の花をまとって巌流島《がんりゅうじま》の戦いを繰り広げている。

その合間に、移動式遊園地のような、小さな、ジェットじゃないコースターがぐわんぐわん音を立てて走り回り、ゴンドラ式の巨大な遊具も置いてある。

そして海の家みたいな売店。武生名物のおろしソバや、菊人形にちなんだ菊ソフトクリームや、別に名物でもないが季節なのでミカンなどを売っている。ビールやヤキソバももちろんある。ビニール人形や子供のオモチャも売っている。小さな野外舞台があり、カラオケコンクール、演歌歌手の営業、子供のお遊戯大会、などが行われている。

そのどこにも、客がいれかわりたちかわりやってきて適度な満員状態、三ッ矢サイダーをコップに注いだ時のように、みんなシャワシャワとはじけてうれしそうなのだ。話に聞く、大正時代のルナパークとか、こういうもんだったんじゃないか。なんかこう、駅前旅館や、玉手山遊園の恍惚《こうこつ》と同じものを、私の脳髄に与えてくれる。客が多いか少ないかとかは関係ないことだったということが、ここに来てよくわかった。客がいてもたまらん空間だし、客がいなくてもただ寒いだけの空間もあるってことだ。

たけふ菊人形大劇場というのは、大劇場とはよく言った、という古体育館映画館銭湯的な建物で、菊人形会場の隅っこにある。そこにOSKを見に行ってたのだ。

いやー通った通った。大阪から福井まで。公演はぜんぶで二十七回ばかり見た。でも今考えるともっと通っとけばよかったという悔いが残る。二十七回ったって、平日は一日に二公演やるし、土日は三公演やるし、行ったら必ず全部見るし、土曜行けば一泊して日曜も見るし、大阪—武生の往復回数自体はたいしたことないんだ。とはいえずいぶん散財したことは確かか。しかしカネはこういう時に使うものだ。うちには車も家も生命保険も子供もないんだからいいじゃないか。

そのオッカケがどれほど充実していたか、ということを書くと長くなるので多くは書かない。しかし、しかしですよ、会場は自由席で（観劇料六百円です）、並んで開場と同時に走り、最前列を確保する。すると舞台の途中で、舞台上のスター様（今、私がいちばんお慕い申し上げている方）が、ラメとスパンコールにまみれた白い燕尾《えんび》服で客席に降りてきて、最前列の客に「ようこそいらっしゃいました。いかがですか今日のショウは」というようなお言葉をですね、かけてくださるのですよ。

あれだけ歌って踊ってるのにどういうわけか汗ひとつかいてなく、ふわーっといい匂いがする男装の麗人が、自分の目の前に立ち止まってヒシとこちらの目を見つめてくださって、スターに当たるライトがこっちにも当たって脳天がカーッと熱くなり、「す、す、すてきですぅ〜」とかウワゴトみたいにしか答えられず、そのままショーの後半に突入しても脳天は煮えっぱなし。そのスター様は、和物ショーでソーラン節も熱唱してくださるのだが、その声を思い出すだけでシビレまくりだ。「シビレるぅ〜」なんていうのはつまらない形容詞だとバカにしていたが、実際シビレるんですよ。ビリビリビリと。体から脳髄から。そして体内の余分な体脂肪がゴオーと音をたてて燃焼しはじめる。グリコが一粒三百メートルだとすると、このスター様にお声かけていただくと「一声五百グラム」。つまり一回につき五百グラムずつ痩せていきます。ああ、私はOSKのスター様にいったい何キロのぜい肉を落としていただいたことか（ちゃんと記録してある。二十二キロです。その後また少しゆるんで増えたが)。

それはいいとして、この劇場の不思議な空気というのは、ちょっと他では見ないものがある。私のような「スター様を見たいがために大阪あたりから遠征」の客なんてのはほんの一握りであって、あとは地元や準地元の人がほとんどなのである。それで、この、キャパが千人ぐらいの劇場を、雨の平日でも八割ぐらいの入りにするのである。土曜日なんて立ち見もだ。

で、地元の人が「こりゃあたまらん」とハマッてリピートして来てるのかというと、そういう感じでもないいんだ。一回見て「うおー、眼福じゃあ〜、毎年秋はこれがないと始まらんのじゃあ〜」とのけぞって喜びつつ、見るのはきっちり一回、そういう人が総計何万人と来たようで、その「毎回、会場中に充満する〝うおお〜、たまらん、新鮮な驚き、新鮮な喜び〟」ってのが、会場に行くたびに感じた不思議な空気ってもんだったのではないかと思う。

そういう舞台が、「北陸のルナパーク・たけふ菊人形」の会場で毎日行われてるんですから、特急料金はたいても二十七回ぐらいは見てしまうというものだ。

で、そのために武生で泊まった時のこと。

いつも駅前旅館じゃなくて駅のそばのホテルに泊まっていたんだが、その日は連休がらみの週末で、ホテルが取れなかったんです。ちなみにホテルもたいへん味のかもしだしがあって、駅前旅館好きの心をちょっと満足させるものがあった。だから定宿にしてたのだ。

でもホテルが一杯だったので、旅館に泊まってみたのだ。

その旅館がよかった。駅前旅館ではなくて、もっとちゃんとした旅館だったが、いなかのおじいちゃんちに泊まったみたいな旅館だったんだ。洗面台はシンクまでタイル張りだし、ほこりっぽい床の間に掛け軸、テレビが百円玉挿入式じゃなかったのだけは「惜しい！」ところだったが、部屋から見える庭も、小さな池にちょろちょろ水が流れこみ、陰気な金魚が底でじいっとしている。ガラクタしか入ってなさそうな土蔵。

期待の夕飯も、固形燃料のナベなど出てこず、「晩ご飯豪華版」みたいな、「ええっトンカツなのにオサシミも出るの！　えええーっマカロニサラダまで！　なんと味噌《みそ》汁の実はナメコ！　なんという幸せな夕飯メニュー」というようなものなのだった。

あくまで、ちゃんとした旅館である。

しかし、いわゆる女将《おかみ》、という立場の人もジャージ着用の茶パツのきさくなお姉さんで、その人に迎えられて部屋に通され、そこの家の子供に「おフロわきました」と呼びにこられて内風呂《ぶろ》みたいなフロに浸《つ》かり、上がってから誰もいない廊下をダダダと、半裸のまま走って部屋に帰り、テレビをぷちっとつけて真っ暗な庭の池の中の金魚の気配を感じながら福井ローカルのニュースかなんか見ている。

武生の旅は幸せの旅である。

今年もまた秋、武生でＯＳＫの公演があるからそれを見にいく。その時はきっと（転勤で）大阪に住んでないと思うが、それでも行く。

ただし、菊人形をやっていない武生は、いっぺん通りがかったことがあるけれど、「しーん」としていて、まるで別の町みたいだった。菊人形をやってる時だって、メインストリートは「しーん」としてたけど、菊人形の会場で人波がバクハツしてるのがわかるから不安にならないのに、菊人形もなくてこんなに「しーん」としてていいのか、ちょっと不安になるような静けさだった。

そういうのも好きなんだけど。

解説

鹿島茂

青木るえかはシュルレアリストである。

といっても、溶けた時計だとか、空中に浮かんだリンゴだとかの、わかりやすい不思議系のシュルレアリスムを彼女が実践しているなどと言っているのではない。そちらの方面なら、これをやりたいと思う女の子はワンサカいる。というよりも、一種の流行である。

また、たんなる生活と精神の破綻《はたん》にすぎないものを、「わたしって、変わってる、そういう自分が好き」と居直って、臆面《おくめん》もないナルシシスムを全開にしたエッセイストでもない。

青木るえかがシュルレアリストであるところの意味はこれらとはまったく異なる。るえかの行くところ、それは鄙《ひな》びた地方競馬場であり、競輪場であり、その競馬場や競輪場が存在している地方都市の寂れきったアーケードの商店街の、これまた化石のような書店である。また、彼女が手にするのは『性生活報告』(老人向けのセックス告白マガジン。何を隠そう、私も一時期ファンでした)であり、『美粋』(濃い系レズビアンのレディースコミック)であり、『わが父　君島一郎』(君島立洋著)であり、『お父さんの石けん箱』(田岡由伎著)である。

いったい、これらのどこがシュルレアリスムなのかと人は問うかもしれない。いや、立派にシュルレアリスムなのですよ、これが。

なぜなら、シュルレアリスムとは、両義的《エキヴォツク》で、突飛《アンソリツト》なものの中に、驚異《メルヴエーユ》を発見する態度の別名だからである。青木るえかが日々実践しているのは、まさにこうしたシュルレアリスムそのものにほかならない。

たとえば、遠路はるばるでかけた小倉競輪が台風で中止になり、まる一日、小倉で過ごさなくてはならなくなったときのエピソード。るえかさんはアーケードを歩いていて、ふっと心惹《ひ》かれるものを発見する。

「私は子供の頃からあんどん……というのだろうか、よく田舎町の雀荘《ジヤンそう》なんかの前に、『雀荘ロン』とか書いた、中に蛍光灯が入っていて、足のついた看板……じゃない、やっぱりあんどんか、そういうものが大好きでしょうがないのである。理由はよくわからない。

ちょっと薄暗い街並みの中にそれがぽっと灯《とも》っているのを見ると、ワケもなく胸を締めつけられるような気がする。だからチョウチンも好きだしホントに火が入っている灯籠《とうろう》も好きだが、雀荘やスナックのあんどんほどの感動はない。あれはいったい何なんだろう。あんどんの他に私を惹きつけてやまないモノは、お盆の時に道ばたに置いてある、ナスとキュウリの馬ですが、道ばたにぽつんとあるものが好きなんだろうか。ちょっと違うような気もする」

その「ちょっと」の違いをはっきりさせてくれたのが、次に目にとびこんできた本屋である。小倉のアーケードは、るえかさん好みの寂れたアーケードではなく、明るくてキラキラしている金メッキのようなアーケードなのだが、なぜか、その本屋だけは「通りにぽつんと灯る雀荘のあんどん」のような雰囲気をかもしだしている。かくして、あんどんと薄暗い本屋の本質が、次のような「通底器」で結ばれる。

「暗いのか？　いやそんなことはない。あ、店の明かりが蛍光灯だからか。蛍光灯っての は独特の暗さがある。うーん、でもその本屋のそばのパチンコ屋も蛍光灯だらけだけどそんなことはないしな。それに、その本屋、暗いんじゃなくて、本屋自体が『ぽっ』と明るくて、まわりが薄暗いような感じなんだ。隣の店を見れば、そこは煌々《こうこう》と明るいのに」

これぞ、シュルレアリスムと言いたくなるような絶妙な文章である。両義的《エキヴォツク》で、突飛《アンソリツト》な

「あんどん」と「本屋」の摩訶《まか》不思議な性質が見事にとらえられている。

しかし、人によっては、これでもまだ青木るえかがシュルレアリストであることを信じない者がいるかもしれない。そうした人には、シュルレアリストの元祖ルイ・アラゴンの次のような文章を読んでいただきたい。

「パリのグラン・ブールヴァール付近に多いこの種のガラス屋根つきの通り抜けには、突飛《アンソリット》なもののモダンな光が、なんともビザールな感じで満ち満ちている。人びとはこの通り抜けを、《パサージュ（通過）》という。こちらをたじろがせるような名前で呼んでいる。まるで、直射日光を避けたこの廊下の中では、一瞬以上長くたちどまることがだれにも許されていないかのように。その海緑色の光は、どこかしら深海のような雰囲気を漂わせているが、突然、スカートがめくれて女性の脚が見えたときのような明るさを見せることもある」（『パリの農夫』拙訳）

どうです、これなら、わかったでしょうが。パリのパサージュを彷徨《ほうこう》して恍惚《こうこつ》となっているアラゴンと、小倉のアーケードで「あんどん」と「本屋」を見つけて感動している青木るえかとは、同じジャンルの人、つまりは、誰ひとりとして見向きもしない街の化石オブジェ（家屋もふくめて）にセンス・オブ・ワンダーを感じて心ときめかすシュルレアリストなのである。

なに、まだわからない。それなら、この文庫のために書き下ろされた「主婦の旅ぐらし武生編」に目を通されるといい。

「どっちかっていうとさびれたところのほうが好きなのです。たとえば、自分の住んでいる街の、駅のそばの裏道に、木造モルタル二階建て、ごくふつうの家みたいな構えの『旅館』とか『旅荘』なんてのがあったりする。私は昔から、あいうのに異様に憧《あこが》れていた。中に入ってみたい。すごく泊まってみたい。きっと、風呂《ふろ》なんかも家族風呂みたいなやつで、晩ご飯もシャケのフライとキャベツの千切り、冷凍マグロの刺身とアサリの味噌汁《みそしる》とかだ。部屋にはサッシ窓と、ぶよぶよした網戸がはまっていて、窓を開けると隣の家のモルタル壁しか見えなくて、エアコンの室外機から温風や水滴がガーガーぽたぽた出ているのだ」

あくまで「想像」であると断っているにしては、なんという見事な描写力。レアリスムにしてシュルレアリスムであるイペールレアリスムの見本のようではないか。

しかしである。

ここで敢《あ》えて半畳を入れさせてもらうなら、こうした寂れた地方都市のすがれた風情を愛するというのは、一歩間違えば、なんともイヤミな懐古趣味になりかねないのである。

ようするに、現地の人が気が付いていない骨董品《こっとうひん》的価値を、その現地の苦しさや屈託とは無縁の「文明人」が発見してひとり喜んでいるという、いわゆる「オリエンタリズム」の構図に堕しかねないからである。

実際、この手の地方都市オリエンタリズムは近年、書籍業界と写真業界を席巻《せっけん》していて、本屋にいけば、この手の本がズラリと並んでいる。

では、青木るえかの好みがこの種の地方都市オリエンタリズムと同じかといえば、これはまったく別物なのである。

では、どこが違うのか？

地方都市オリエンタリズムというのは、幼かった頃を黄金時代としてとらえ、その頃の自分を無批判、無条件に肯定したいという幼時固着の一形式だから、そこにはどうしても鼻持ちならない自己愛が漂ってくるが、青木るえかの「寂れ好き」にはこの「匂いたつ自己愛」がないのだ。

なぜないのか？

それは「寂れ好きの自分が好き」という二次的なナルシシズム回路が遮断されているからである。青木るえかの「寂れ好き」は、あくまで、そこにあるモノに向かって解き放たれる。つまり、るえかの中にあるのは、センス・オブ・ワンダーを放つモノを標的とする一次的な回路のみなのである。

それを証明するのが、ＯＳＫの地方公演を見にでかけた「古い体育館のような、古い映画館みたいな、古い銭湯みたいな」劇場のある「たけふ菊人形」の会場の不思議な賑《にぎ》わいの本質を指摘した次のような描写である。

「そのどこにも、客がいれかわりたちかわりやってきて適度な満員状態、三ッ矢サイダーをコップに注いだ時のように、みんなシャワシャワとはじけてうれしそうなのだ。話に聞く、大正時代のルナパークとか、こういうもんだったんじゃないか。なんかこう、駅前旅館や、玉手山遊園の恍惚と同じものを、私の脳髄に与えてくれる。客が多いとか少ないとかは関係ないことだったということが、ここに来てよくわかった。客がいてもたまらん空間だし、客がいなくてもただ寒いだけの空間もあるってことだ」

この最後の指摘、これこそが青木るえかをして、地方都市オリエンタリストと一線を画し、本物のシュルレアリストたらしめている点なのである。青木るえかは、ノスタルジーではなく、寂れた地方都市の「過去」と「現在」がブレンドされて生じるセンス・オブ・ワンダーを愛してやまないのだ。寂れているから好きというよりも、寂れているけどいまだに生きているから好きなのである。

そして、この本物のシュルレアリスムの魂があるからこそ、後女の描く地方競馬や競輪などがなんとも好ましく魅力的なものに見えてくるのである。

なに、これでもまだ、青木るえかがシュルレアリストなのがわかんないだって？　もおっ、そういう人は青木るえかを読むのをやめなさい。

本書は二〇〇一年三月に本の雑誌社から刊行された単行本
『私はハロン棒になりたい』を改題・再構成し、書き下ろし
「主婦の旅ぐらし　武生編」を加えて文庫化したものです。

主婦《しゆふ》の旅《たび》ぐらし

青木《あおき》るえか

角川文庫 13306

平成十六年四月二十五日　初版発行

発行者――田口惠司

発行所――株式会社角川書店

東京都千代田区富士見二―十三―三

電話　編集(〇三)三二三八―八五五五

営業(〇三)三二三八―八五二一

〒一〇二―八一七七

振替〇〇一三〇―九―一九五二〇八

印刷所――旭印刷　製本所――コオトブックライン

装幀者――杉浦康平

あ 41-3　ISBN4-04-368603-X　C0195

角川文庫発刊に際して

角川源義

第二次世界大戦の敗北は、軍事力の敗北であった以上に、私たちの若い文化力の敗退であった。私たちの文化が戦争に対して如何に無力であり、単なるあだ花に過ぎなかったかを、私たちは身を以て体験し痛感した。西洋近代文化の摂取にとって、明治以後八十年の歳月は決して短かすぎたとは言えない。にもかかわらず、近代文化の伝統を確立し、自由な批判と柔軟な良識に富む文化層として自らを形成することに私たちは失敗して来た。そしてこれは、各層への文化の普及滲透を任務とする出版人の責任でもあった。

一九四五年以来、私たちは再び振出しに戻り、第一歩から踏み出すことを余儀なくされた。これは大きな不幸ではあるが、反面、これまでの混沌・未熟・歪曲の中にあった我が国の文化に秩序と確たる基礎を齎らすためには絶好の機会でもある。角川書店は、このような祖国の文化的危機にあたり、微力をも顧みず再建の礎石たるべき抱負と決意とをもって出発したが、ここに創立以来の念願を果すべく角川文庫を発刊する。これまで刊行されたあらゆる全集叢書文庫類の長所と短所とを検討し、古今東西の不朽の典籍を、良心的編集のもとに、廉価に、そして書架にふさわしい美本として、多くのひとびとに提供しようとする。しかし私たちは徒らに百科全書的な知識のジレッタントを作ることを目的とせず、あくまで祖国の文化に秩序と再建への道を示し、この文庫を角川書店の栄ある事業として、今後永久に継続発展せしめ、学芸と教養との殿堂として大成せんことを期したい。多くの読書子の愛情ある忠言と支持とによって、この希望と抱負とを完遂せしめられんことを願う。

一九四九年五月三日

角川文庫ベストセラー

角川文庫ベストセラー

タイ怪人紀行
ゲッツ板谷
鴨志田穣＝写真
西原理恵子＝絵

勢いのみで突き進む男、ゲッツ板谷がタイで繰り広げる大騒動！　次から次へと出現する恐るべき怪人たちとの爆笑エピソード満載の旅行記!!

ベトナム怪人紀行
ゲッツ板谷
鴨志田穣＝写真
西原理恵子＝絵

「みんなのアニキ」ゲッツ板谷の今度のターゲットは〝絶対に降参しない国〟ベトナム。またもや繰り広げられる怪人達とのタイマン勝負！

バカの瞬発力
ゲッツ板谷
西原理恵子＝絵

常識を超えたモンスターが繰り広げる爆笑エピソードの嵐！　西原理恵子との最新対談「その後の瞬発力」も完全収録した激笑コラム集！

ぼけナースときどきナミダ編
新米看護婦物語
小林光恵

こんなナースがいたら、ずっと入院していたい！　元ナースの著者が贈るほのぼのシリーズ第一弾。大人気コミック『おたんこナース』のノベライズ。

ぼけナース　たまにオトボケ編
新米看護婦物語
小林光恵

新米看護婦・有福が行く！　病棟にまきおこす愛と涙とかん違いの日々をあたたかい筆致で描いた好評の「ぼけナース」シリーズ第二弾。

ナースマン
新米看護士物語
小林光恵

看護（ナース）を一生の仕事に選んだ男（マン）＝ナースマン。今注目の看護士を主人公に描く日本初の痛快病院ノベル。

徳川慶喜家の子ども部屋
榊原喜佐子

幼い文字で書かれた日記の向こうに見える夢のような生活――。最後の将軍慶喜公の孫に生まれた著者の貴重な少女時代の回想録。

角川文庫ベストセラー

何がどうして　ナンシー関

不世出の消しゴム版画家、ナンシー関の最強テレビ批評コラム集、第六弾！　藤原紀香から森繁久彌までメッタ斬り！

無印良女《むじるしりょうひん》　群ようこ

群ようこ、ブレイクの原点となった初文庫。ブランド志向も見栄もなく、本能のままに突っ走る、「無印」の人々への大讃辞エッセイ。

アメリカ居すわり一人旅　群ようこ

「アメリカに行けば何かがある」と、夢と貯金のすべてを賭けて遂に渡米！　普通の生活をそのままアメリカに持ち込んだ、無印エッセイアメリカ編。

ホンの本音　群ようこ

食品成分表、ぴあマップ文庫、編み物の本、そして古典、名作、新作。シンプルでユニークな群ようこの活字生活が浮かび上がる読書エッセイ。

贅沢貧乏のマリア　群ようこ

父森鷗外に溺愛されたご令嬢が安アパート住いの贅沢貧乏暮らしへ。夢見る作家森茉莉の想像を絶する超耽美的生き方を綴った斬新な人物エッセイ。

飢《う》え　群ようこ

文学への夢と母との強い絆によって貧乏のどん底からはい上がってきた作家林芙美子。その生涯を現代の人気作家がたどる、苛烈で愛しい新評伝。

負けない私　群ようこ

うるさい姑、常識はずれの娘、わがままな姉、オタクな兄……。何の因果で家族になった!?　トホホな家族に振りまわされる泣き笑い10の物語。

角川文庫ベストセラー

あやしい探検隊 バリ島横恋慕 椎名誠

ガムランのけだるい音に誘われ、さまよいこんだ神の島。熱帯の風に吹かれて酔眼朦朧。行き当たりバッタリ、バリ島ジャランポラン旅！

むははは日記 椎名誠

活字中毒者にして「本の雑誌」編集長、椎名誠が本や雑誌、活字文化にまつわる全てのものへの愛を激しく語った名エッセイ。

むはの断面図 椎名誠

あるときは美人姉妹が経営する山荘に驚き、またあるときはロシアの村での棒引き合戦に飛び入り参加！　謎のむは男、シーナ氏疾風怒濤の日々！

ばかおとっつあんにはなりたくない 椎名誠

日本はもとより世界のあちこちであるときは読書にふけり、あるときはただ飲んだくれ……。疾風怒濤のエッセイ集！

一生、遊んで暮らしたい 中場利一

ええカッコしいの男たちは、優しすぎる女たちのため、きょうも酒とケンカに明け暮れる……。大笑いとすすり泣きのエッセイ集。

のほほん雑記帳《のおと》 大槻ケンヂ

偉大なるのほほんの大家、大槻ケンヂが指南つかまつる「のほほんのススメ」。風の吹くまま気の向くまま、今日も世の中のほほんだ！

大槻ケンヂのお蔵出し 帰ってきたのほほんレア・トラックス 大槻ケンヂ

①これ、マニアックすぎんなー②エッ？　俺、そんなの書いてたっけ？　忘れてた。――という、いろーんなオーケンをてんこ盛りにした究極本！